战争中的飞行员

[法] 圣埃克絮佩里　著
杨茜瑶　译

Pilote De Guerre

新世界出版社
NEW WORLD PRESS

图书在版编目（CIP）数据

战争中的飞行员 / (法) 圣埃克絮佩里著 ; 杨茜瑶译. -- 北京 : 新世界出版社, 2025. 8. -- ISBN 978-7-5104-8157-4

Ⅰ. I565.45

中国国家版本馆 CIP 数据核字第 2025S1P890 号

战争中的飞行员

作　　者：［法］圣埃克絮佩里
译　　者：杨茜瑶
责任编辑：楼淑敏
责任校对：宣　慧　张杰楠
责任印制：王宝根
出　　版：新世界出版社
网　　址：http://www.nwp.com.cn
社　　址：北京西城区百万庄大街 24 号（100037）
发 行 部：(010)6899 5968（电话）　(010)6899 0635（电话）
总 编 室：(010)6899 5424（电话）　(010)6832 6679（传真）
版 权 部：+8610 6899 6306（电话）　nwpcd@sina.com（电邮）
印　　刷：三河市嘉科万达彩色印刷有限公司
经　　销：新华书店
开　　本：880mm × 1230mm　1/32　尺寸：145mm × 210mm
字　　数：140 千字　印张：7.5
版　　次：2025 年 8 月第 1 版　2025 年 8 月第 1 次印刷
书　　号：ISBN 978-7-5104-8157-4
定　　价：49.00 元

本书献给艾利斯少校，献给我所有2/33侦察中队的战友，特别是观测员莫罗上尉、艾让博中尉和约赛特中尉，他们是我在1939年到1940年法兰西战役前后进行战时飞行的空降兵同伴，也是我一辈子的挚友。

目 录
CONTENTS

第一章

我一定是在做梦。15岁的我正在学校耐着性子解着几何题，手肘撑在黑色课桌上，精准地使用着圆规、直尺和量角器。我安静又勤恳。朋友们在我周围低声交谈，其中一个在黑板上写下一列数字，而其他贪玩的人在玩着桥牌。我时而潜入更深层的幻想，凝视着窗外，一根树枝在阳光下轻轻摇摆，继续望向远方，再远一点……现在的我成了不专注的学子。沐浴着的阳光，还有课桌、粉笔和黑板蕴藏着的童年的气味，给我带来愉悦的心情，陷在备受宠爱的童年里是多么欢快呀！我十分清楚未来的走向：先是童年，然后上学，交朋友，接受考试直到考取某种文凭，我们怀着忐忑不安的心情穿过一个特定的门廊，下一个瞬间，长大成人。我们的脚步将更有力地踏在这片土地上，即刻起，我们将用自己的方式生活。我们会对着真正的敌人小试身手，用直尺、量角器和圆规建设真实的世界，或击败对手。欢乐时光结束了！

通常来说，男孩是不畏惧直面人生的，他们往往跃跃欲试。大人世界中的试炼、危险和怨怼丝毫不能吓退他们。

不过我是属于比较特别的那一类男孩，知道自己什么时候快乐，知道此时此刻还不用着急去面对人生……

约赛特路过时，我把他叫住了：

“来这边坐坐，我给你耍一个扑克牌把戏……”

当我找出他的黑桃A时，我高兴坏了。

约赛特坐在我对面，脚从同样的黑色课桌上荡下来，他笑了，我也微笑起来。佩尼科特走过来把胳膊搭在我的肩膀上，说：

“最近好吗，老伙计？”

上帝啊，这一切是多么地温馨啊！

班长（是班长吗？）打开门，叫了两位同学出去。他们放下尺子和圆规，从课桌后站起来，我们目送他们离开。学校生活对于他们来说已经结束，真实的人生向他们敞开了大门。他们的知识将学有所用。作为男人，他们必须在与对手的交锋中实践已经计算过的公式。这是个奇怪的学校，我们必须依次前进，没有最后的道别。即便未来的人生之路会把他们带到比中国还遥远的地方，那两个刚毕业的家伙还是没有回头看我们一眼。远得很哪！当人生把刚毕业的人们带向天涯海角的时候，他们能够发誓此生一定重逢吗？

我们低下了头，依旧生活在暖和且宁静的温室之中……

“约赛特，我们今晚……”

但是同一扇门又打开了，像是某种判决的宣布，我听到：

“圣埃克絮佩里上尉，约赛特中尉，向少校报到。”

学校时光结束了。生活取而代之。

“你知道轮到我们了吗？”

“嗯，佩尼科特今天早上试飞了。”

我们必须进行一个上级交代的任务。现在是5月下旬，法国正全面溃退、一败涂地，灾难气势汹汹，席卷而来，士兵像是猛然浇进森林大火中的几杯水一样牺牲，但是当所有的一切都坍塌破碎的时候，有谁会去考虑个人的安危呢？整个法国只有50组侦察机士兵，三人一组，其中23个组隶属于2/33侦察中队，而在过去的三个星期里，我们就失去了其中的17个组。我们好像石蜡一样慢慢融化在残酷的火焰中。昨天我还和盖瓦拉中尉谈起：

“等战争结束，我有些话想说。”

盖瓦拉中尉答道：

“上尉，你不是真的幻想在这场战争结束后还能活下来吧？”

盖瓦拉没有开玩笑，我们都十分明白我们唯一能做的就是把自己扔进这场无法控制的大火里，不管这样的举动是多么徒劳。对于整个法兰西，军队的全部战略制定都指望着我们50个机组！烈火炙烤着的广袤森林只靠几杯水去扑灭，他们的下场只有牺牲。

这一切理所当然，有谁曾有一丝抱怨的念头？在这里，没有人听到过除了“非常好，长官；是，长官；谢谢，长官；明白，长官”之外的回答。不过有一个念头仍旧在这场战争快要结束的日子里主宰了所有人——荒诞。身边的万事万物都破碎了，坍塌了，在这样的整体中就连死亡都显得荒诞，你无法在一片狼藉的局势下认真地对待它……

我们走进艾利斯少校（至今仍在2/33侦察中队服役，派驻在突尼斯）的办公室。

“早上好，圣埃克。早上好，约赛特，进来坐。”

我们坐下后，他在桌上铺开一张地图，对勤务兵说道：

“把天气报告拿过来。”

他用铅笔敲着桌面，我打量了一下。他至今还没睡过，频繁地乘车往返，寻找幽灵般的司令部工作人员——师部工作人员和军分区工作人员……长时间和不输送多余零件的军需库斗争，往往还会在路上遇到无法避免的交通堵塞。他组织了我们最近的进攻和撤退，我们就好像是穷苦的人一样，被残酷无情的法警追着，且不断地转移阵地。每一次艾利斯都能成功地转移飞机、货车，还有十余吨军备。我们能够感觉到这是个把自己拴在生死末端的男人，这是个站在引爆点的男人。

“接下来……”

他还在不停敲击着桌面，并没有看我们。

“会相当棘手……”

他耸了耸肩。

“真是相当棘手，但是司令部希望能够完成它，他们真的非常需要它……我试过和他们争辩，但他们还是不改初衷……事情就是这样。”

透过窗户，约赛特和我能看见温和平静的天空。我能听到母鸡咯咯地叫唤，因为办公室正好设在农场里面，而情报部都在教室里。我不会用夏天、成熟的水果、羽翼未丰的小鸡和拔节的玉米去对比即将到来的死亡。为什么静谧的夏日或是温柔的大自然要被用来与死亡做对比以示讽刺呢？不过此刻一个念头飘进我的脑海：“夏天出故障了，这是个引擎发动失败的夏天……”我看到了废弃的脱粒机、废弃的收割打捆机、废弃的小车陷进路边的沟渠里，还有废弃的村庄。水泵在村子里源源不断地涌出纯净的水，这是人类呕心沥血才换来的纯净。忽然一幅荒唐的画面浮现在我眼前：钟停了。所有的钟都停止了，教堂的钟、车站的钟、空房子里的挂钟，钟表匠不知逃到了哪里。从他的店铺的橱窗看进去，俨然是一个钟表的藏骨盒。战火依旧……没有人给钟上发条，没有人收集甜菜根，也没有人修理货运马车。而那水，曾被用来解渴或者润洗姑娘们礼拜日闪闪发亮的蕾丝的水，在教堂外淌成了一个水塘。我们会在这样的夏天逝去……

这感觉就像我生病了，医生告诉我："这相当棘手……"我们本来是应该被送往公证人那儿的，而不是在这儿胡思乱想，但约赛特和我都抓住了要点：我们接到的是需要牺牲的使命。

"根据目前的形势来看，"少校下了结论，"过多考虑我们的个人安危是没有意义的……"

一点儿没错。没有丝毫意义，而且这也不是任何人的错，我们感到沮丧没有错，少校的不自在也没有错，更加不是司令部下命令的错。我们的指挥官为这个荒谬的命令踟蹰不定。对，我们知道这个命令很荒谬，司令部的人也知道，但是给出这样的命令是因为必须下达命令，战争不停，命令不止。战争命令他们骑上战马，现在是驾驶机车。哪里有混乱和绝望，英姿飒爽的骑士就在哪里翻身从那尘土飞扬的坐骑上下来，伸手遥遥指向未来，好像那东方智者（即《马太福音》中的三位"东方智者"，能解读星象，按照星象的预言行事）之星。他带来真理，而他下达的命令重建了整个世界。

这就是战争的蓝图，被描摹成彩色的图画书，每个人都以一种崇敬的姿态最大限度地使战争更像它本身，极力按照规则来行事，这样战争大概就会乐意成为人们想象的那个样子吧。

既然像一场战争，战士们就理应莫名其妙地牺牲，因为没有人会承认这战争什么都不是，这战争一点儿意义也没有，这战争是一幅不会被实施的蓝图，这战争是我们正儿八经地扯动消失的木偶残留下的提线。现在看来，司令部也只是转达毫无希望的命令罢了，他们要求我们搜集不可能的情报。飞机没有办法向司令部的人解释清楚这场战争，它可以在观察实践中测试已有的假设，可惜现在连假设也没有。如今的现状是50组空军士兵需要模拟出一个没有面容的战争的样貌，好像我们是一群预言家似的。昨天我听到我们的少校在和一个师部的少校理论：

“我怎么可能从30英尺[①]高的地方以每小时330英里[②]的速度给你们确定敌方的阵地？”

“这很容易。这取决于他们是否射击你！开枪的就是德国人。”

“真是个笑话。”约赛特事后说道。

事实上法国军队从来没有见到过一架法国飞机，因为那1000支队伍散落在敦刻尔克和阿尔萨斯之间，你也可以说它们被稀释在无穷无尽的空间里。所以如果有飞机在前线轰鸣，那一定是德国人的，最好在它开始轰炸之前把它搞下来。仅仅是飞机的声音

---

① 1英尺≈0.3048米。

② 1英里≈1.609千米。

就足以让法军架设机关枪和能快速开火的加农炮了。

“我们能带得回来这些珍贵的情报……”约赛特加了一句。

而这些情报将会适时地被注意到，因为战争蓝图说明了情报对于战争至关重要。

没错，可是现实中的战争机器早已分崩离析。

幸运的是我们都无比清楚地知道我们不用把报告写得太认真，因为不会有人看到。路途堵塞，电话占线，传递报告也变成了不可能的任务。司令部很快就要大举进攻了，届时敌人真实的位置信息将由敌人自己提供。就在几天前，靠近拉昂，我们还在讨论到底哪里才是前线。之前一个中尉离开去联络将军，半路上遇到一辆蒸汽轧路机，后面跟着两辆全副武装的军车穿过马路。他转身的时候被机枪射杀身亡，他的司机也受了伤，那是德国人的军车。

事已至此，好比司令部的人是桥牌好手，隔壁房间的人问他：“我的黑桃皇后该怎么用？”他只能耸耸肩。他什么都没看到又怎么回答呢？

但是司令部没有耸肩的权利，它只要还有一点可以控制的因素，它就必须调动起来灵活操纵，寻求各种可能，一直到战争结束。不管这些操纵是否盲目，它都必须积极应对。

然而随便给黑桃皇后分配任务可不是这么简单的，我们发现——刚开始还有点惊讶，后来我们就明显能预知到——这一切的崩溃从一开始，大家就无事可做了。试想当战败方耗尽他们所有的资源：步兵、炮兵、坦克、飞机……源源不断的问题像湍流一样立即淹没了我们，只不过挫败用一缕硝烟掩盖了这些问题。游戏变得不再受人控制，人们不知道怎么用他们的飞机、坦克或是黑桃皇后了……

人们绞尽脑汁给它们找出各自有用的角色，然后随意把它们摊在桌上来完善它们的意义。这里没有兴奋，只有普遍的不安，因为只有胜利才会被兴奋所包裹。胜利是一个组织者，胜利也是一个建造师，每个人都为其添砖加瓦直到只剩一口气为止。

失败却把人们浸泡在思维混乱、烦躁不安，甚至毫无目标的氛围里面。

这些他们坚持的任务真的是最没有意义的事情，一天比一天更没有意义，只能造成更多的牺牲。那些下达命令的人，面对山崩却没有任何可用的资源时，只能把最后的王牌扔在桌上。

约赛特和我就是王牌，我们在听指挥官制订那天下午的安排。他要送我们去以2500英尺的高度侦察阿拉斯的坦克驻地，之前有一段很长的高度为33000英尺的飞行，他语气稀松平常得就好像在说："你排第二走在右边，一直走，直到抵达广场，给我从角落的烟草铺子带一些火柴回来……"

"好的，长官。"

我们的任务不会比这个更有意义，所以语言也不会比这个更加抒情。"一次自杀式的任务。"我对自己说，我想……我在想的事情非常非常多，可以等到今天晚上再仔细思考，如果我还活着的话。活着……在简单的任务中，三个空军士兵能回来一个，如果变得稍微复杂一点，回来的概率就会明显降低。坐在少校的办公室里，死亡看起来既不崇高威严，也不英勇或是令人心碎。它仅仅是荒诞的一个标志。中队将会失去我们，就像人们在换乘火车的混乱中遗失行李箱一样。

这并不代表我对战争、死亡、牺牲，甚至法国或者其他事没有一点儿看法，我只是没有主导的思想，没有清晰的语言来表达。我的思考陷入了悖论，我的真理被砸成片段，而我只能思考这些片段。可以等到今天晚上再仔细思考，如果我还活着的话。我钟情的夜晚啊，当理智都睡着了，万事也就归于单纯。那些真正重要的事情会在理性分析的破坏中幸存下来，然后在夜晚回归原样。人类重新组装他的片段，又变回去做一棵淡远安静的大树。

白天是用来在家里吵架的，但一到晚上暴躁的男人会重拾对家人的爱，因为爱比争吵的力量更强大。星空下，男人靠在自己的窗台边，再一次对熟睡的孩子、对需要赚来的面包、对虚弱的妻子充满短暂细腻的责任感。世上没有词语可以用来议论爱，除了爱本身。让夜晚降临吧，我可以用我自己的双眼看看究竟什么值得去爱！我可能会想到人类文明和命运，想到令人回味的乡邻的友谊，我可能会渴求那些盛气凌人的真理，在它们还没变得妙不可言之前……

有那么一瞬间我像是被上帝恩典抛弃的基督教徒。我应该和约赛特一起，真诚地完成自己的部分，这没错，但是即将复兴的古老仪式却没有任何实质，神明早已离它们而去。如果我被容许活下来的话，我应当等到晚上，独享着我最爱的清静，在穿过我们村庄的马路上走一走，然后我才能想明白为什么我必须牺牲。

第二章

我从梦里醒来。少校的暗示既怪异又令人惊讶：

“如果这个任务困扰到你们了……如果你们不太愿意去……”

“没有，长官！”

他也知道自己的话很不合理，但是当一名战士一去不返的时候，他记得那些起飞前肃穆的面容，并将这样的肃穆理解为一种预知，因为忽略它们而产生的内疚感占据了他的心。

他此时此刻出于道德感的顾虑让我想起了希伯来。两天前，我在情报室的窗户边抽烟时，看到希伯来步履匆匆地路过。他的鼻子是红色的，又大又红，典型的犹太鼻子，没什么比希伯来的红鼻子更让人印象深刻了。

那鼻子吸引了我的注意，我感到一种深沉的友谊在我和希伯来之间产生。他不仅是整个中队中最勇敢的飞行员之一，也是最谦虚的人之一。他听过许多关于犹太人精明的说法，以至于他可能把自己的勇敢想成是一种精明。当然所有胜利都要靠精打细算。

于是我开始观察那个红色的鼻子，但它只闪现了一会儿就随着希伯来的脚步声消失了。没有一点嘲笑的意味，我问盖瓦拉：

“他怎么长了那样一个鼻子？”

“他妈妈给他的，”盖瓦拉说，然后他补充道，“那个荒唐的低海拔出击行动，他马上要去执行了。”

“噢。”

于是当晚我们理所当然地放弃了等待希伯来归队，我想起他的鼻子，总在一张没有什么表情的脸中间，却以它特别的天赋表达了最沉重的思绪。如果我是那个派出希伯来的长官，那鼻子的影像会充满责备地萦绕在我的脑海中很多很多年。当然希伯来只会回答：“是，长官。好的，长官。明白，长官。”他的面部肌肉不会闪现一丝情绪，然而非常轻柔地、隐秘地甚至有点背叛意味地，他的鼻子开始烧红起来。希伯来可以控制自己的面部表情，但对鼻子的颜色无可奈何，他的鼻子就这样利用了它自己来表达沉默中的观点。尽管希伯来浑然不知，他那鼻子却清清楚楚地向少校传递着主人的抵触情绪。

或许这就是为什么我们的指挥官会对派出那些他认为受到不祥预感困扰的人感到勉强。预感往往都是错误的，但它们会让军事命令听起来像是人生的宣判，而艾利斯只是领导，不是法官。

另一天，同样的事情也发生在T准尉身上。

如果说希伯来一身英勇，那T完完全全就是恐惧的受害者。他是我见过的唯一一个真正经历过恐惧的人。当他收到这个命令时，一阵奇怪的头晕目眩的感觉在他体内被触发了，简单、缓慢而持续。T慢慢绷紧了身体，从头到脚都僵硬起来，他的脸上失去了所有的表情，眼睛里面有什么在闪烁。

和希伯来极其沮丧的鼻子不同，对可能到来的死亡和愤怒感到沮丧，T并没有什么内心的波动展现出来，有的只是一场质变。当你跟他说完话，你就会发觉自己只是在他心中点燃了一场痛苦的大火，那痛苦给他脸上铺上一层均匀的暗淡的光。从那时起，T仿佛变得遥不可及，你可以感觉到他和真实的世界之间隔着沙漠般广阔的距离。我从来没在任何地方的任何人身上见过这种与世隔绝的态度。

“我那天不该让他去出任务。”少校后来说道。

那一天，艾利斯给他下达了飞行命令，T的脸色并没有预期中的苍白，他笑了，只是单纯地笑了。也许这就是那些饱受折磨的人在施刑者太过分的时候所做的事情吧。

“你看起来并不好，要不我让别人去……”

“不，长官。如果轮到我了就让我去。”

T集中精力笔直地站着，眼睛直视指挥官，一丝颤抖也没有。

“但你要是对自己没信心……”

“该我了，长官。让我去。”

“听着，T……”

“长官……”

那个男人固执得像是一块石头。

“所以，”艾利斯事后说，“我就让他去执行任务了。”

接下来发生的事情永远也没办法说清楚了。T作为飞机上的炮兵，发现了一架敌方战斗机正在冲向他们，但它因为机枪卡住就掉头了。T和机长一直聊着天返回基地，没有发现任何反常情况。但就在离家五分钟的地方，我们再也没有收到他的回音。

当晚T被找到了，他的颅骨被机尾撞得粉碎。这是一场巨大的灾难，他曾在全速行驶的飞机上，在友方的领空跳伞，当时应该没有任何危险可以再使他担惊受怕了。那辆路过的敌方战斗机成为这场无法抵御的战争的警铃。

“快去做准备，”少校说道，“五点半起飞。”

“再见，长官。”

他含糊地做了个手势回应。这是迷信？烟已经熄了，我徒劳地在口袋里摸索。

“为什么你从来不带火柴？”

他是对的。带着那个道别我走出门，问自己：“为什么我从来不带火柴？”

“这任务让他很沮丧。”约赛特观察到。

他沮丧什么！但是我心底这个唐突的、不公正的看法并不是针对艾利斯的。我被一个没有人知道的真相震撼了：精神的生命是断续的，而智慧的生命绵延不绝，至少近似如此，以我的分析力来看几乎没有例外。但是精神不注重客观物质，它只在乎客观物质之间关键的联系，它可以看透事物的表面，也因此在大局在握和坐井观天的状态之间不断转换。一个热衷财富的男人，当时光匆匆流去，他会发现那不过是一堆分崩离析的身外之物；一个热爱妻子的男人，当岁月悄悄溜走，他会发现爱里只剩下了焦虑、烦躁和抱怨；一个追求音乐的男人，当年华渐渐老去，他会发现音乐其实什么也给不了他。而现在，我失去了所有对国家的理解，国家不再是区域、风俗、建筑材料，这些我的智商能够把握住的物质的总和，它是一种精神本质。我发觉自己此时此刻面对这些精神本质是盲目的。

艾利斯少校曾花过一整晚时间在将军的办公室里和将军讨论纯逻辑。纯逻辑会损伤精神的生命力。然后他耗尽全身精力穿过无尽堵塞的路途回到中队，成百上千个现实中的困难在等着他。那些慢慢侵蚀着你的困难，仿佛是无法防止大山崩倒带来的数不尽的影响一样。最终他找到了我们，送我们去完成那个不可能的任务。我们只是浩瀚宇宙和谐统一的几个元素而已，对他来说，我们不再是圣埃克絮佩里和约赛特，不再有着个人独特的看世界的方式，不再有权利选择忽视，不再是能思考、走路、畅饮和大笑的我们了。我们是宏伟建筑里的一粒灰尘，要看清它的结构需要更多的时间、更深的沉默和更远的距离。如果我脸上一阵抽搐，艾利斯注意到了，那他只会记得送了一阵抽搐去阿拉斯。在这混乱的局势中，这场全面的瓦解中，我们自己也支离破碎。一缕声音、一个鼻子、一阵抽搐，这些碎片不带任何情感地搅和在一起。

不仅仅是艾利斯，所有人都一样。在埋葬我们心爱的人时，我们感觉到的不是死亡，死亡很宏大，我们感觉到一种新的关系，网住我们和逝去的人们，网住他们的思想、财富和习惯。世界在重塑，表面上看来什么都没有改变，实际却已天翻地覆。书的每一页都没有什么变化，但它的意义再也不是原来的意义了。当真正面对死亡的时候，我们一定会想起那些我们需要已逝之人的日子，于是我们充满怀念；想起那些他们也需要我们的日子，但是现在他们不再需要我们了；想起那些充实着他们的身影的日子，然后发现里面空无一物。我们应当全面客观地看待生命，但真正到了入殓那天，全面客观连同空间都不复存在了，死去的人依然支离破碎。入殓那天，我们拖着沉重的步子四散开来，和真真假假的朋友握手，使得死者第二天才能在沉默中真正地死去。他会向我们展示他的完整，并把他的这份完整从我们的物质世界中剥离开来，我们哭泣他的离去，却再也没办法把他留住。

我不喜欢把战争做漫画式处理，硬朗的战士强忍着泪，用暴躁乖戾来掩饰自己的情绪。这都是无稽之谈，硬朗的战士掩饰不了什么，暴躁的外露只能是暴躁内心的产物。

人类的品质在这里不再受到质疑。艾利斯少校是个十分敏感的人，如果我们回不来他一定会黯然神伤，可能比其他任何人都难受。只要他还把我们看作我们，而不是一堆弥散的灰尘，只要沉默应允他重现我们的身影。然而如果那不停追赶我们的法警迫使中队今晚再次转移驻地，问题像雪崩一样爆发，卡车上的一个破车轮就会推迟我们的死亡。那时艾利斯就会忘记黯然神伤了。

所以呢，在我即将出发开始我的任务的时刻，我脑海中并没有西方国家对于纳粹的挣扎反抗，有的只是更直观的细节，在2500英尺高度飞往阿拉斯的荒唐，搜集我们预期的情报的徒劳，缓慢地穿上那仿佛是奔向绞刑架的衣服，然后是我的手套。我去哪儿找手套？我的手套不见了。

我再也看不见我们驻地里的大教堂了。

我正为了侍奉一位已逝的神整装待发。

第三章

“快点……我的手套去哪儿了？……不，不是这双……在我背包里面找找……”

“找不到，上尉。”

“蠢货。”

他们全都是蠢货，找不到我手套的那个人，还有司令部里对低空出击异常狂热的那个人。

“我让你给我拿支笔，十分钟之前让你去拿的……你拿来了吗？”

“这里，长官。”

至少有一个聪明点儿的。

“在上面绑根绳子，然后穿过这个孔打个结。嘿，炮兵，你做事挺麻利的嘛……”

“准备完毕，长官。”

“哦，好。”

我转向观测员：“你好了吗，约赛特？没漏掉什么吧？航线都算好了？”

“都好了，上尉……”

好吧，都好了，一次注定牺牲的任务……为了一条没人需要以及就算我们活着也没办法送回司令部的情报而牺牲一名士兵有什么意义？

“他们应该在司令部聘请一些招魂术士……”

“为什么？”

“为了我们今晚能够报告搜集到的情报，他们可以开个降神会。”

这不是个值得骄傲的嘲讽，但我依旧在抱怨：

“司令部的人，为什么他们自己不去执行这个自杀式任务？”

这任务让人如此绝望，我小心翼翼地收拾自己的护具，以至于套上全身的装备花了很长时间，也只是为了承受那活生生的炙烤而已。我劳神费力地穿上三层军衣，给自己配上一舱的配件，看起来就像是收荒匠一样，然后整理好氧气管道、加热管道和士兵电话线路。这根管子是用来呼吸的，跟脐带一样重要的一根橡胶管，把我和飞机连为一体。我的血液温度由此和飞机联结，飞机也接入了我的内循环，多余的“器官”加在我身上，夹在我和我的心脏之间，每分每秒让我变得更沉重、更笨拙、更加不利落。我必须把自己变成一个整体，如果我弯腰去系紧袋子或者拉扯那个顽固的夹子，我的全身关节都会号啕大哭，曾经骨折的地方还会让我疼痛不已。

“给我换个面罩，这已经是第25次告诉你我的面罩不行了，它太紧了。”

只有那神秘的上帝自己知道为什么人的脑袋会在高海拔地区膨胀，在地面上戴着合适的面罩，到了33000英尺高空，就会像老虎钳一样挤压骨头。

“但这已经是换过的了，上尉。我早就换过了……”

“哦，是吗……”

我还是不停地嘟囔着抱怨着，一点自责都没有。管它的呢，什么都不重要了。这是一个男人在内心荒漠的正中心跋涉的时刻，目之所及，只有残垣断壁。我甚至不为自己期盼奇迹的心态感到羞耻，最好有个能够改变今天下午行动的奇迹，比如说，一个坏掉的内部通话系统，总是坏掉的那个电话线路！廉价的垃圾！一个坏掉的内部通话系统，就可以阻止这一切……

维正上尉一脸忧郁地走向我。他也曾这样一脸忧郁地走向每一个将要起飞的人。他的工作是联络探子，向我们通报敌机的行动。维正是我的朋友，我像对兄长一样爱戴他，但他是厄运的先知，我现在不想见到他。

“看起来很棘手啊，老朋友，”维正说道，“麻烦，难搞！”

他把文件从口袋里拿出来，怀疑地看着我。

“你走哪条航线？”

“通过阿尔伯特。”

“那就是了，就是这条了。哦，这真的相当棘手。”

“别拿我开涮了，它怎么了？”

“你不能去那边。”

我不能去！太好了，维正！让天父给我一台坏掉的内部通话系统！

“你不能从那条路走。”

“为什么不能？”

“因为阿尔伯特那边有三队德国战斗机轮流巡视，一队在

19000英尺，一队在24000英尺，还有一队在33000英尺。它们就待在空中直到下一班巡逻机过来替换。完全没有缺口，就是这个意思。你会直接飞进它们的包围圈，看这里……”

他把一张匆匆写下各种看不懂的证据的纸递给我看。

他最好快点走开，让我清静清静。“完全没有缺口”这句话简直直捣老巢，让我想起了红灯和停车罚单，只不过在这里罚单就是死亡。我讨厌“完全”那两个字，感觉好像是专门针对我一样。

我在努力地运用我的情报，是军人总会完全地防御己方领地的，“完全”只不过是屁话而已……而这跟战斗机有什么必然联系？重要的是在我降到2500英尺之后把我击中的高射炮，它们绝对不会打空！我转向他，带着突然腾升的怒意说道：

“简而言之，你这么着急过来找我说的不就是德国的空防力量太强，不建议我去飞这次任务嘛！好啊，你去跟总司令讲啊……”

维正善意地安抚我说：“是有一些战斗机在阿尔伯特上空盘旋……”这样说又不会让他损失什么。

虽然这其实是同一个意思。

第四章

我们登机了，万事俱备，只差测试内部通话系统了……

“你能听到吗，约赛特？”

“非常清楚，上尉。”

“你呢，炮兵？”

“我……呃，是的，长官……能听到。”

“约赛特，你能听到炮兵吗？”

“非常清楚，上尉。”

“炮兵，你能听到约赛特中尉吗？”

“我……呃，是的，长官……能听到。”

“为什么你老是说，我……呃，是的，长官……能听到？”

“我在找我的笔，上尉。”

内部通话系统没有失灵。

“炮兵，气缸里面的气压正常吗？”

“我，呃……是的……正常。”

“三个全部正常？”

“三个全部正常。”

“都准备好了吗，约赛特？”

“准备好了。”

“都准备好了吗，炮兵？”

“准备好了。”

“那我们出发吧。”

然后我就起飞了。

第五章

痛苦源于真实感觉的失去。假如我的幸福和绝望均由我期盼的某项信息所决定，那我很有可能身处空虚之中，只要对未知的怀疑不止，我的所有感想和态度不过是暂时的伪装。时间一秒一秒流逝，它逐渐停止搭建真实的我，就像搭建一棵树一样，现在起真实的我只会在我的身体里栖息一小时，而未知的我幽灵般寻踪而来，与我碰面。于是我感觉到了痛苦。坏消息带来的并不是痛苦，而是折磨：它们本质不同。

不过既然眼下时间已经停止奔向虚空，至少我在恪尽职守地完成我的职责，不会再飘向模糊不清的未来，不会再在大火中飘荡，不会再让奇怪的未来萦绕在心间。从现在起，我的每个动作都会创造未来，我要检查指南针确保我们在313度，控制螺旋桨的速度和油温，这些才是最需要关心的事情。就像做家务活，每一天的日常任务让人忘记了岁月老去的滋味。这一天变成了一座闪亮的屋子，有打好蜡的地板和小心消耗着的氧气。氧气确实需要检查了，因为我们爬升得很快，已经到22000英尺了。

“氧气正常吗，约赛特？你感觉还好吗？”

“还好，上尉。”

“炮兵！你的氧气呢？”

“我，呃……是的……还好，上尉。”

“你还没找到你的笔？”

接下来我要按下机枪按钮。让我们来试试吧，等到合适的时机……

“炮兵，你的火力范围内没有可见的村镇吧？”

“呃……没有，上尉。”

“好，试下你的枪。”

我听到开火的声音。

“它们能工作吗？”

“能工作。”

“每支枪都能？”

“每支枪都能。”

我试发了我的枪，想着这些被我们发射在郊外因而不用有着良心上的顾虑的子弹会去往哪里。它们绝不会伤到谁，这片土地如此的广袤。

现在流逝的每一分钟都让我觉得充实，我像一枚正在成熟的果实，不再感觉到痛苦。这次飞行中周围的状况会改变，这是毋庸置疑的，不管是状况还是问题，而我已经和建设未来融为一体。时间在一点一滴地塑造着我，好比小孩子不会为了慢慢长大变成老头子这样的想法而感到恐惧，因为他只是个玩着玩具的小屁孩。我也一样，掌管着我的王国里面的仪表盘、操纵杆、不同的按键和旋钮，这里有103件事情需要检查和操作（关于机枪控制的两件事情有点勉强，因为机枪有安全锁扣）。今天晚上我要让临时驻地的农夫大吃一惊，我要问他：

“你知道一名飞行员要同时关注多少仪器吗？”

“我怎么会知道？”

“没事，你就猜一个数。”

“什么数？”

不知变通的农夫。

“随便一个你脑子里想到的数！”

“7。”

“103！”

然后我就满足了。

所有繁重的仪器都就位了，而且找到了各自的意义，这也让我感到内心的平静。所有像肠子一样缠绕着的管子和电线成为一个网状的通路，而我是这架飞机外延的器官。当我打开开关，我的衣服和氧气都变得暖和起来，让我整个人看起来很好，如果有什么不好，那就是氧气太暖和以至于烫到了我的鼻子。一种复杂的系统以海拔变化在分配氧气。飞机在给我提供营养，它在地面上看起来并不通晓人性，但现在，在它的哺育之中，我产生了一种为人子女的感情，一种婴儿的感情。

我的身体被均匀地支撑着，三层军衣和沉重的降落伞靠在椅背上，肥大柔软的靴子搁在舵杆上，我的双手，戴着厚实僵硬的手套，虽然在地面上看起来那么笨拙，但现在轻松地握着方向舵。轻松地握着方向舵……轻松地握着方向舵……

“约赛特！”

“……尉？”

“马上检查内部通话系统。我听你说话是断断续续的，你能听到我吗？”

“我……嗯你……”

“使劲晃一下这堆垃圾！现在能听到吗？”

“很清楚，上尉！”

“好的，听着，控制板又被冻住了，转向装置很僵硬，方向舵完全动不了了！”

“好吧！我们现在多高了？”

“31000英尺。”

“外面多冷？”

“零下48摄氏度。你的氧气还正常吗？”

“正常，上尉。”

“炮兵，你的氧气正常吗？”

没有回复。

“喂，炮兵！”

没有回复。

“约赛特，你能听见炮兵说话吗？”

“什么都听不到，上尉……”

“呼叫他！”

“炮兵！喂！炮兵！”

还是没有回复。

在下降之前我让飞机狠狠摇晃了一下，如果炮兵睡着了就可以把他晃醒。

“上尉？”

“炮兵，是你吗？”

“我……呃，是的。”

“你看起来并不确定。”

“是我，长官。”

“刚刚你为什么没有回复？”

“我拔掉了电源，我在调试无线电！”

“你这个笨蛋！不要没有警告就做这种事！我都准备下降了，我以为你死了！”

“我……呃，没有……长官。”

“我记着你的话了，但是再也不要给我搞这种鬼。你下次拔电源之前先告诉我！”

“对不起，上尉。我明白了，上尉。”

当你失去氧气供应的时候你是感觉不到的，一开始会有模糊的愉悦感，几秒钟之后你会昏厥，再过几分钟你就不在人世了。不断地检查氧气供应是至关重要的，和机长必须要不断监管他的乘员的状况是一回事。

我轻轻捏了捏导入我面具的管子，享用着进入我鼻孔里的温暖的、维系生命的气体。

当事情已经变成现在这样，我只是在做我的活计而已。我正在经历的不过是许许多多充满各种意义的动作本身带来的物理压力而已。我既没有感觉到很大的危险（这和我穿上军衣时的焦虑截然不同），也没有觉得这是一个伟大的任务。纳粹和西方国家之间的冲突被浓缩在了我的这些动作里面，浓缩在我对操作柄、控制杆和阀门的动作里，而且本就应该这样，教堂司事对上帝的爱也转变成了对点蜡烛的爱。司事以稳健的步伐穿过他极少观察的教堂，直到看到一支支蜡烛在眼前点燃才感到心满意足。当它们都亮起来了，他搓着手，为自己感到骄傲。

至于我，我已经优秀地完成了调节螺旋桨速度的工作，并且维持我的航向在一度的偏差之内。约赛特肯定会感到很惊奇，如果他有空看看指南针的话……

“约赛特，我……指南针航向还好吗？”

“不，上尉，你偏移得太多了，朝右飞一点。”

哦，好吧。

“上尉，我们快到前线了。我正在打开照相机。我们现在的高度是多少？”

“33000英尺。”

第六章

“上尉，注意航向！”

他是对的，我在有意往军港偏移……阿尔伯特小镇在促使我远离，我能感觉到它在我前方存在着，我能体会到它“完全没有缺口”的重量在压迫着我的身体。我们的肢体里面蕴藏着多深的记忆啊！还记得突然的坠毁、头骨的碎片、沉重黏稠的昏迷状态以及在病床上度过的夜晚，我的身体啊，害怕更多的折磨，正在试图避开阿尔伯特。只要我一分神，它就自己偏向军港，像一匹被篱笆吓过的老马一样充满了不信任感，把航向往左边拉。这真的是我的身体做的……不是我想这样……它会抓紧我开小差的瞬间，以这点狡诈的优势偷偷逃离阿尔伯特。

对我来说，我并没有特别的负担。我没有再企盼脱离这个任务，虽然我之前是这样想的，也对自己说过：“内部通话系统就要出现故障了。我太累了，可以去好好睡一觉了。”一张安逸的床的幻象浮现在我的脑海。但是我也深深地知道不能执行这次飞行任务并不会给我带来什么，除了不安的情绪，就好像顺其自然的年华老去并没有发生。

这让我想到了在学校里的日子……在我非常年轻的时候……

“……上尉！”

“什么？”

“没什么，一切正常……我以为我看到了……”

我不太喜欢他以为他看到的东西。

是的……当你还是个小男孩的时候，你需要起得很早去上学，约莫6点钟。外面很冷，你揉揉眼睛，提前忍受着让人悲痛欲绝的语法课带来的折磨。所以你幻想着自己生病了，这样就可以在病床上醒来，戴着白色圆帽的修女会把加了糖的药草茶放在床边，真是天堂般的景象啊。当然，我必须恰好得了一场感冒，然后假装咳嗽几下。我可以在医院听到学校的铃声，如果我装得过了头的话，那铃声就会适时地惩罚我：它会把我变成幽灵。铃声在病房外准确地报上流逝在严苛的教室、喧闹的课间休息和温暖的饭厅里的每一小时。对于外面的生物，它塑造了一个充实着苦难和挫折，也充实着欢乐和渴望的世界。然而我在这里被遗忘了，淡而无味的药草茶、汗湿的病服和无聊的时光都让我觉得恶心。

不执行这次飞行任务不会给我带来任何好处。

第七章

有时候的任务也像今天一样无法给人满足感，那就是我们都清楚只是玩个游戏的时候，玩个实战模拟的游戏，警察抓小偷似的。我们仅仅是在小心遵守历史课本教给我们的礼数和操作手册上面写好的规定而已。昨天晚上，我开车在营地行驶，还看到一个哨兵按照那些规定拿着刺刀去刺可能是坦克的小车呢！我们就在玩儿拿刺刀刺坦克的游戏。

为什么我们要用这些残忍的装模作样来激发自己的想象？我们自己原本是多余的，只不过在想象里必须鞠躬尽瘁，死而后已才行。死亡过于严肃，不适合装模作样。

有谁能为了这样的角色给自己穿上激情澎湃的伪装？即便是奥赛德这样的圣人，这样已经达到永久的自我牺牲——也许是存在价值最高实现状态的人，也投靠了沉默。于是所有的战友都保持着绝对的沉默，且这种沉默并不是出于英雄般的谦逊。这种绝对之中并没有掩藏着得意，它表达它自己，我只认它本身。这种绝对就像经理不能理解不存在的雇主给他下达的指令却依旧忠于雇主一样。我们都对各自安静的房间朝思暮想，但没有任何一个人真的选择离开去睡个好觉！

内心的得意不是重点，它不会为胜利带来任何希望。重要的是穿上装备，爬上飞机准备起飞，我们是怎么想的一点儿也不重要。况且一个小孩对着即将到来的语法课感到兴奋不已会显得非常可疑。重要的是组织好自己面对一个没有被直接挑明的目的，一个无关情报只在乎精神的目的。精神知道如何去爱，只是它现在睡着了。我了解诱惑，就跟所有教堂的圣师一样了解。当精神睡着了，它就引诱我们去相信情报才是我们追求的目标。

当以什么为目标的时候我才会发誓献上我的生命来抵抗这山崩地裂呢？我不知道。人们上百次让我把自己派往这里或那里驻守："那儿才是你该去的地方，比起留在中队里，你会在那儿发挥更多作用，我们可以想训练多少飞行员就训练多少……"他们的逻辑毋庸置疑。所有的逻辑都是毋庸置疑的，我的理智同意，但是我的直觉战胜了我的理智。

可是为什么在我挑不出毛病的时候他们的论证依然这么虚无缥缈呢？我告诉自己："搞学问的就像保存在宣传局书架上的果酱罐，等战争结束后就会被消灭掉的……"这根本不算理由好嘛！

今天，我再一次面对着所有的理由和证据，起飞了。我终会知道我的理由是否强过论证本身的时刻就要到来。如果我活着，我承诺过自己在夜晚走一次家乡的小路，或许最后我能住回去，把一切看得清晰。

至于我究竟看到了什么，我可能一句也说不出，如果一位美人出现在我面前，我也是无法形容的。我看到了她的笑颜，这便足矣。搞学问的或许会分解她的脸来解释每个部位，但他们就再也看不到她的笑颜了。

理解，并不是把每个部分分开或者进行解释，它是一种愿景的实现。不过为了看清，我们首先要能够参与，而参与是一段很困难的学徒期。

今天一天我都对我的村庄视而不见，起飞之前它于我不过是乱涂乱画的墙和沾满尘土的农夫，现在它只是我身下六英里处的一堆瓦砾。这就是我的村庄。

到了晚上，或许一只看家狗会醒来吠叫。我一直都很喜欢让村庄的梦乡变得喧闹的法术，那是孤零零的看家狗在夜幕下清爽的空气里发出的声音。

我不曾希望别人理解这一点，也觉得无所谓。我所要求的只是我的村庄在安定地进入梦乡之前，在关闭它的谷仓、牛舍和古老的风俗时展现给我这一切！

农夫们从田里回到家，他们的桌子擦得干干净净，他们的孩子已经掖好被窝，他们的灯也熄灭了，他们融入了村庄的寂静之中。然后一切都不存在了，除了那浆洗过的被单之下缓慢的呼吸节奏，好像风暴之后海滩上静静的潮涌。

当夜晚降临时，上帝就暂停了我们对物质财富的使用。人们张开手掌睡着了，不可阻挡的睡眠使他们手指放松，而伟大的自然遗产因此更为清晰地展现在我面前。

接下来我可能会凝视着那没有名字的遗产，就像双目失明的人被自己的手牵引，走向温暖的火堆一般，他虽然没有办法描述那景象，但是他能够找到。同样，那些必须保护的，那些虽然看不到，但是如同村庄苍白的夜色中仍旧燃烧着的木块般活下来的，我应该要觉察到。

不执行这次飞行任务不会给我带来任何好处。要理解一个简单的村庄，我们必须首先……

“上尉！”

“嗯？”

“六架战斗机，六架都朝军港飞过去了！”

这句话仿佛一声惊雷在我耳畔炸响。

我们必须……我们必须……我多么想，在一切都太迟了之前，得到爱的权利，知晓我是为了谁而即将死去……

第八章

“炮兵！”

“上尉？”

“你听到了吗？六架战斗机飞向军港了。六架！”

“听到了，上尉！”

“约赛特，它们发现我们没？”

“发现了，它们正在转向我们这边，我们比它们高1500英尺。”

“明白吗，炮兵？1500英尺。约赛特！现在还有多远？”

“……几秒钟就能赶上。”

“听到了吗，炮兵？几秒钟就能到我们的机尾。”

它们就在那儿，我能看到它们。很小，一群有毒的大黄蜂。

“炮兵，它们马上就要赶上我们了，一秒钟之内。在那儿！”

“我，呃……我什么也没看见。啊！看见了！”

现在它们离开我的视线了。

“它们是在追赶我们吗？”

“是在追赶我们。”

“上升得很快？”

“很难说……我不这样认为……不，它们没有！”

“你有什么计划吗，上尉？”

说这话的是约赛特。

"你有什么建议吗？"

这下没人回答了。

我并没有什么计划，命运都掌握在上帝手中。如果我倾斜飞行，我就能缩短我和他之间的距离。我们朝着太阳飞去，在高海拔处上升1500英尺意味着距离你的猎物又远了好多英里，所以它们可能在到达我们这个高度并且恢复速度之后就失去了我们的踪迹。

"还在那儿，炮兵？"

"还在那儿。"

"我们正在逼近它们？"

"呃……不……好吧，是的！"

一切都掌握在上帝和太阳手中。

看起来将会有一场恶斗（虽然战斗机很少恶斗，它们通常是暗杀），一想到这个，我浑身的肌肉都挣扎着去释放冻僵的操纵杆。一种奇怪的感觉遍布全身，不过我依然死死盯着那些战斗机，然后用全身的力气去操纵僵硬的控制板。

我再一次检视自己，这样的行动将我还原成了那种荒诞的等待时候的状态，却没有了穿上军衣时的情绪化。愤怒盘旋在我心底，排山倒海的愤怒。

这显然不是对牺牲的狂热，不如说是一种想要用牙齿咬些什么的冲动。

"炮兵，他们跟丢了吗？"

"跟丢了，上尉。"好吧，没事。

"约赛特……约赛特……"

"上尉？"

"我……不……没事。"

"出什么事了吗，上尉？"

"不，没事……我只是想……算了，没事。"

我不会说出来的，我不能对他们做出这种事。如果我急转弯，他们立马就会察觉。他们会发现，我飞了一个急转弯……

这不正常，我正在零下50摄氏度的环境中不住地滴汗。这不对。哦，我知道发生什么事了：我在非常温柔缓慢地失去知觉。

我看得见仪表盘，现在我看不见了，我的手握不住方向舵了，我甚至说不出话来，就这样放任自流吧。就这样吧……

我捏了捏橡胶管，我的鼻子吸进了带来生机的氧气，看来氧气并没有出状况，我真是太蠢了，竟然没有想到是方向舵的问题。我一直像码头工人或者货车司机一样压着它，在33000英尺高的地方，我表现得就像个露天游乐场的摔跤运动员。氧气的量是刚好满足需求的，我必须谨慎使用。这是放任自己的代价。

我快速地喘着气，心跳得很快很快，像一只小铃铛。我不会告诉他们的。如果我下降，他们立马就会察觉！我看得见仪表盘……现在我看不见了……浸在汗水里，我心底一阵忧伤。

生命缓慢而又轻柔地回到我体内。

"约赛特！"

"上尉？"

我有意向他倾诉，想把刚刚发生的事情都告诉他。

“我……我想……”

不，不，说话消耗太大了，语言会浪费过多的氧气，我说了三个字就喘不上气了。我现在很虚弱，还在逐渐地恢复……

“你要说什么，上尉？”

“没什么……没事。”

“你跟个谜似的！”

是啊，但是我还活着。

“它们……没有……追上我们。”

“是的，至少现在还没有，上尉。”

是的，至少现在还没有：我们仍旧要飞往阿拉斯。

有那么几秒钟我以为自己撑不过去了，那个时候我体内那种催人白头的痛苦却消失了。我想起了萨贡，他在两个月前法国占领区的一次战斗里被击中，事发几天后我们曾去拜访过他。被困在战斗机里犹如被钉在木桩上等待处决一样等待着自己的死亡的那十秒钟，萨贡究竟经历了什么呢？

第九章

我依旧可以清晰地回想起他的样子，他躺在病床上的样子。他的膝盖在他跳伞的时候因降落伞被尾翼缠住导致粉碎性骨折，但萨贡自己感觉不到，他的脸和手都被严重烧伤了，但即便是这样糟糕的情况也没有让他忧虑不安。他用陈述事实的腔调跟我们说话，就像是在汇报无聊的例行工作一样。

“我看到我周围到处都是曳光弹的时候才知道他们开火了，仪表盘爆炸后机身前面好像冒了些烟，不是很多。那肯定是……你知道的……连接管……那儿通常不会有很大的火焰……”

萨贡噘起了嘴，衡量着有没有必要告诉我们火焰的大小，然后犹豫地接着说：

“不管怎样……确实起火了……所以我让大家跳伞……”

火焰，在十秒钟之内，让一架飞机变成燃烧的火炬。

“然后我打开了逃生舱门。我不应该那样做的，不应该把空气放进来……大火……我就是个蠢货。”

一个高速移动的锅炉在33000英尺高度朝你的身体喷射熊熊火焰，而你觉得自己是个蠢货！我不该表扬萨贡的英雄事迹或谦逊为人来歪曲他的本意，他不会认同的，他会说：“是的！没错！我就是个蠢货……”确切地说，这对他很重要。

我知道意识的空间是很狭小的，一次只能装下一个问题。假如你正在跟别人打架，这时飞机的战略部署需要你全神贯注，别人一拳打过来你是感觉不到痛楚的。当我想着自己在一次水上飞机事故中溺水了的时候，冰冷的海水对我来说似乎是温暖的，因为我的意识并没有放在水温上，它被其他的担忧吸引了。海水的温度在我的记忆中转瞬即逝，不留痕迹。同样，萨贡的意识也被逃离飞机的方法吸引过去，整个宇宙只剩下操纵舱门滑动的手柄、某根特定的降落伞绑绳的位置和他的乘员状况了。“你出来了吗？”没有回复。“还有人在飞机上吗？”没有回复。

“我以为只剩我一个人了。我以为我可以跳伞了……（他的脸和手已经烧伤了。）我站了起来，爬出了座舱，在机翼上面靠了一会儿。当我发现自己安全的时候，我又朝前靠了靠，观测员不在……”

那个观测员，几乎是瞬间被敌方战斗机击中，躺在座舱的地板上。

“我又朝后面挪了挪，炮兵也不在……”炮兵也倒在了地板上。

“我却以为只剩我自己了……”

萨贡陷入了深深的沉思。

“如果我早知如此……我可以爬到后面去……那时火势还不算太严重……我在机翼上待了很长时间……我出来之前调整了飞行角度，使飞机可以稳定地照直飞，我感觉很好，呼吸顺畅。哦，我像是在那机翼上待了好几个世纪一样……我不知道能做什么……”

他并不是遇到了什么难以解决的问题：只是他独自一人，又或许想着火焰中的飞机正在被不断来去的敌机炮弹吞噬。萨贡想表达给我们的是他没有任何想法，没什么想做的事，他拥有这世上所有的时间，他沐浴在无穷无尽的闲暇中。而我一点点地逐渐认识到眼前的死亡带来的无与伦比的体验：那种出人意料的闲散……现实和理应匆忙无比的场景是多么的矛盾啊！萨贡待在机翼上面，已然与时间脱节。

“然后我就跳下去了，但我搞砸了。我不停地打转，要是太早打开降落伞肯定会被缠住，所以我就等自己平衡下来。我一直等啊等啊……”

萨贡能够记得的，就只剩下等待了，自始至终地等待，等待着大火烧得更加猛烈，等待着某种难以言说的东西，哪怕朝着大地自由下落，仍是在等待。

这是我熟知的萨贡，也是比他自己更平凡无奇的萨贡，万丈深渊前他用一点点困惑和无聊定格了时间。

第十章

已经过去两个小时了，徜徉在低于正常值三分之二的气压中的两个小时，我们越发显露出焦躁不安的迹象，彼此之间甚少交谈。有那么一两次我非常小心地尝试着移动舵杆，每一次我都满足于那种力量消耗的美妙感觉。

约赛特需要我改变航向以便他拍照时，总是会给我充分的提示，这时我会玩一玩我驾驶飞机的小把戏，我让飞机倾斜然后拉动方向盘，约赛特就能一节一节到达他想要的角度。

“海拔？”

“33300……”

我还在想着萨贡……人一直都是他自己，我们是我们自己，我在我这个个体里面除了自己谁也遇不到。萨贡只了解他自己。我们死去的那一刻我们就已然死去，在矿工的死亡中亦存在着一名濒死的普通矿工。而作家们笔下令人眼花缭乱的精神错乱都在哪儿呢？

我曾在西班牙见过一个刚刚被挖出来的人，他被埋在受到炮轰的房子的地下室里好几天。人们静静地围着他，对这个满身灰尘碎石几乎与天堂擦肩而过的人有着突如其来的敬畏。他因为缺少空气和食物而一脸迷茫，站在那儿像个已经灭绝了的怪物。当人们终于鼓起勇气向他提问的时候，他虚弱无力地听着，分散的注意力让人们的羞怯都转化为了尴尬。

没有人能找到最恰当的问题，那把打开他的秘密之锁的钥匙。“你感觉还好吗……”他们说，“你被埋的时候是怎么想的……你在下面做了什么？”沟通的桥梁被随机地扔向了裂缝，像是为了帮助又聋又哑又瘸的人而去寻求相互理解的纽带。

他最后总算能够回答：

“是的，那时有爆炸的声音，一直在响……”

或者这样答道：

“我非常忧心。轰炸持续了很久……很久……”

或是：

“我的背受伤了……伤得很重……”

真是个老实人，说的都是诚实的话。他大部分时间都在说他遗失的手表……

“我找过它……它对我意义重大……但是到处都是一片漆黑……”

生活自然而然地教给了他对时间流逝的感觉和对熟悉事物的珍爱，而他利用这个理解他的世界中的自己，即便是这个世界只有倒塌的寓所和随之而来的一片漆黑。没有人问得出关键的问题，哪怕它就藏在所有这些笨拙的尝试后面：“你是谁？你的内心表达了谁？”他只能不停地重复：“就我自己……”

没有哪种环境在我们意识不到的情况下能够唤醒我们心中陌生的人格，活着就是缓慢地诞生，假使我们能够借到已经塑造完整的灵魂，那活着岂不是过于容易了？

一个人的命运轨迹可能因为看似突然的启示而发生天翻地覆

的改变，但是启示不过是精神偶然发觉到的一条早已准备好的道路。渐渐地，我学会了语法，练习着句法结构，我的情绪弱化了，突然有一天一首小诗微风般拂过我的心尖。

此时此刻我当然体会不到爱，如果今天晚上有什么启示出现，那一定是因为我一直辛劳地朝着看不见的地方搬运着砖石。我在为一场盛典做准备。我没有权利替我身体里面突然冒出的除了我本人之外的灵魂发言，因为我正在构建它。

除了这漫长的准备过程，我并不期待从战争的冒险中获得什么。就像学习语法，回馈总会在日后降临……

我们的生命仿佛模糊了它的边际，我们的力气逐渐耗尽，瞬间苍老，这个任务也变得陈旧，高海拔作业自有其代价。在33000英尺的高空待一小时等同于什么？是有机生命，是心脏、肺和动脉工作的一个星期、三个星期，还是一个月？现在这些都不重要了，我的间歇性的头昏眼花已经让我苍老了好几个世纪：我就像老人一样泰然自若。我穿军衣时拥有的情绪现在已经离我无限遥远，消失在过去，而阿拉斯还在无限遥远的未来。

战争的冒险？这战争哪里冒险了？

十分钟之前我就快消失在这个世上了，我没有什么故事要流传后世，除了刚刚进入眼帘三秒钟的一群小胡蜂。真正的冒险只会持续十分之一秒，那些幸免于难的人永远不会将故事流传。

“左脚稍微踩一下，上尉。”

约赛特忘记了我那冻僵的舵杆。我的意识却停留在小时候见过的一幅雕刻画上面：背景是北方的黎明，迷失的船舰公墓般停驻在南方的海洋上，在永恒之夜，在余烬的光亮中，它们把结冰的“手臂”伸展开来。死寂的氛围里，它们飘扬的风帆还保留着风的印迹，就像床头总会残留肩膀躺下的柔软痕迹，然而它们都是僵硬残碎的船帆。

我周围所有东西都被冻上了，我的控制板，我的机关枪。

“炮兵！你的枪怎么样？”

“很好，长官。”

“哦，好吧。”

我朝气管里面吐着冰碴，随着时间流逝我要不停地挤压我的软橡胶面具来压碎那些让人窒息的冰霜，它们在我手中咔嚓作响。

“氧气还好吗，炮兵？”

“还好。”

“气缸压力？”

“我，呃……70。”

“很好。”

时间仿佛也在我们身边冻结了，我们是三个白胡子老头，万物静止，没什么紧急的事，也没什么残酷的现实。

战争的历险？艾利斯少校曾煞有介事地对我说：

“尝试着一直保持警醒。”

对什么保持警醒，长官？敌机会像闪电一样冲向你。一旦他们看到了你，便悬停在你上方5000英尺等待时机。他们操作着，调整着位置，万事俱备只欠东风。你非常幸运地并没有注意到他们，像只猛禽阴影下的老鼠，偷偷溜过玉米地，幻想着自己能够活下来，但在猛禽眼中已然是瓮中之鳖，永无逃脱之路。

你何尝不是这样，幻想着自己不停飞行着，巡视着地面，然而已经被那些人看到的黑色小点宣告了死亡。

那九架战斗机会在合适的时间扫荡过来，它们并不着急，它们能够以每小时550英里的速度发射巨大的鱼叉，绝不会使猎物漏网。一个轰炸机中队的火力或许可以留给防御方一些生还机会，然而一架落单的侦察机却敌不过火光弹幕后面的72挺机枪。

当你发觉自己被攻击的时候，敌机已经远远飞到了你的上空，像条喷射着毒液的眼镜蛇在摆动，开火发射枪林弹雨，然后有节奏地摆动着再来一次。

敌机群消失了，但没什么因此改变，连那些面孔都似曾相识，然后他们开始变了，蓝天恢复了空旷宁静，猎人已经变成了遥远的目击者，遥远得就像观测员割开的颈动脉喷溅出的第一滴血，抑或是右舷的引擎试探性地吐露出的第一缕火舌。当毒液侵蚀心脏，当面部刚刚开始出现肌肉的扭曲，眼镜蛇回归到它盘旋的姿态。战斗机并不杀人，它播种死亡，一架飞机陨落之时便是种子萌芽之际。

对什么保持警醒，长官？当我们遭遇那些敌机的时候我没法做出决定，我甚至不知道它们在那儿，要是它们飞得高一点，我永远都不会知道它们是否在那儿。

对什么保持警醒？蓝天这般空旷。

大地也是空旷的。

当你从33000英尺高度俯视地面的时候，人类都不存在了，他们的行动不再能被看到，我们的长焦照相机此时此刻就像是显微镜，但它们的任务不是去找人——人类已经超出了它们能分辨的范围——它们是去找寻人类存在的痕迹：公路、运河、火车、驳船，就像人类是显微镜下的载玻片上的微生物。我就是凛冽高空中的科学家，他们的战争对我来说无异于一次观察实验。

“他们朝我们开火了吗，约赛特？”

“我觉得是的。”

约赛特也不能确定，轰炸声过于遥远，而且浓烟和地面混为一体，他们不可能期盼用这么模糊的炮击把我们击落吧。在33000英尺这个高度我们几乎是不会受到攻击的，所以他们应该是为了锁定我们才开火，指引其他的战斗机。这些敌机，像看不见的粉尘一样溶解在了天空里。

人们可以在地面上看到我们，因为飞机在高空飞行会留下珍珠白丝巾状的痕迹，就像新娘子的面纱一般。因为我们疾驰而过后受到扰乱的空气中的水蒸气会结晶，在机尾后面展开卷云状的冰晶，如果气候条件恰好可以加快云层的形成，我们的尾流会慢慢变得更加紧密厚重，直至成为一朵乡间的晚云。

敌机会被无线电沟通、地面上的炮火、我们富贵的白色丝巾统统引向我们，我们却依然像是飘浮在虚无缥缈的浩瀚星空中。

我当然清楚地知道我们正在以330英里的时速飞行……但似乎一切都静止了。在这里，速度不像赛道上那般明显，所有事物都仿佛停止在了液态的空间中。我们的地球也是这样的啊，尽管每秒速度达到26英里，它依旧缓慢地围绕着太阳转动，转足一年才能转完一圈，或许我们和敌机也在这个重力过程中缓慢地彼此靠近着。大气之中战争的气息能有多浓厚？好比教堂里纷扬的尘土，我们这一粒粉尘便能够吸引其他成百上千的粉尘，而那些所有暂时静止的尘土会像抖毛毯时那样在阳光下慢慢飘扬开来。

对什么保持警醒，少校？径直往下，我只能看到一件精致的小古董，陈列在一块纯净坚固的水晶之下，而我趴在博物馆的玻璃罩子上面，展览品上的灯光已经熄灭。远在我们前面的一定是敦刻尔克和大海，但左右两边我什么都看不见。太阳已然降落，地面闪烁着万家灯火，而我在一块巨大的反光板上翱翔。

“约赛特，你能看清东西吗？”

“是的，上尉，一览无余。”

“嘿！炮兵！还看得到那些战斗机吗？”

“看不到。”

事实上我不确定我们还有没有被敌机追捕，也不确定地面上的德国部队能不能看到我们拖了一整条的薄纱在机尾后面。

“薄纱……”这个意象让我产生幻想，脑海中的图景在迷惑着我，“……正如美人之面般无法触及，我们拖着缀满冰凉星空的礼服后摆，跟随着命运之轮……”

“左脚踩一下，上尉！”

现实呼之欲出，我却依然沉浸在华丽的诗歌中：

“……这温柔的轨迹足以让整片天空的求婚者都拜倒在她的尾流里……”

左脚踩一下……左脚踩一下……我倒是希望我能踩一下！

美人至美，却未能转身。

“上尉，你要是唱歌，就转下眼睛。”

我唱歌了吗？

约赛特不管怎么说都准备破坏我对轻音乐的欣赏了：

“我快拍完照片了，你可以准备前往阿拉斯。”

我可以……我可以……那是当然，我们不能错失良机！

现在连油门杆也冻得僵硬了……

我对自己说道：

“这一周，三架飞机里面只有一架能够折返，战争的危险指数是相当高的，如果我们有幸属于那三分之一，我们将缄口不言我们的事迹。过去的冒险曾历练过我的筋骨：‘在航空线上勇当先锋，在撒哈拉抵抗区生活，在南美上空盘旋翱翔……但是战争不能说是一场真正的探险，它只是替代品。因为建立联系、提出问题、创造新事物这些丰富的内容，探险才能称之为探险。单纯把一个游戏的正反面改造成探险的样子是不足以拿生和死来做赌注的。战争不是探险，战争是一场疾病，好比伤寒’。”

或许我要晚点儿才能明白我自己的历险始于我在奥康地的小屋。

第十一章

在1939年的恶劣冬日里，中队驻扎在圣迪迪埃，我则住在一个叫作奥康地的村庄，住在一间糊着泥墙的农屋中。夜间的温度低得可以冻住我的土罐里的水，当然我早上起来穿衣之前第一件事就是点火取暖，不过那样我就必须离开可以让我紧紧蜷成一团的温暖被窝。

没有什么比贫困寒冷的房子里面那简简单单苦修般的小床更不可思议的了。在那里我卸去一整天的重负，享受着闲暇时光带来的愉悦，我觉得很安心，没有什么能够令我恐惧。白日里我的身体暴露在严酷的高空和呼啸而过的子弹中，它饱受折磨，又被撕成碎片，已不再属于我了。四肢可以除去，血液可以抽干，我的身体不再是我自己的。战争的事实在于，这具身体只是一堆组装在一起的不再属于你的零配件而已。法警追赶而来向你索要双腿，你就双手奉上这运动的礼物；向你索要脸上所有的皮肉，你就双手提交这微笑着表达友情的礼物，交完这些赎金之后你也变成了一个怪物。这具白天会暴露自己，也会给我带来灾难的身体，现在依旧待在那间屋子里做我忠实而亲切的朋友，半睡半醒地蜷缩着，除了活着的幸福之外不会跟我的意识分享其他的秘密了。但我不得不把它拖出被窝，用冰水清洗它，穿戴整齐来应对飞射的子弹。离开我的床铺就像要我离开母亲的臂弯，离开母亲的胸膛，离开所有珍惜保护着年轻身体的童年往事。

于是在深思熟虑地做出了决定之后，我一咬牙从床边溜到火炉边，加了一些木头和油进去，等它们亮起来我又穿过屋子回到我温暖的床上，盖上所有的毛毯和软被，只露出左眼看着生火的地方。一开始并没有火焰的迹象，不一会儿就有几点火星在炉壁上跳跃，渐渐地，壁炉里的一场盛宴开场了，火焰毕剥作响，咆哮着歌唱着，欢快得好像在乡村婚礼现场开始举杯欢庆的宾客们，彼此放下束缚，用肋骨相互轻推着打闹。

有些时候，那欢快的火焰好比忠心耿耿又麻利敏锐的牧羊犬一样守护着我，看着它我就感觉到安心和愉悦。当这场盛宴达到高潮，阴影在天花板上舞蹈，壁炉的一角已经出现灰烬的影子，而我的房间充满着混合树脂的烟气时，我就会从我的床上溜到壁炉旁边，看看它们谁更美好。站在火堆前，我是先烤暖身体还是先抚慰心灵呢？面对这两种诱惑，我像个懦夫一样屈服于强者，屈服于用喇叭和闪光灯把自己宣扬得光彩夺目的那一个。

我三次穿过冰冷荒芜的房间——生火，回到床上，然后去收获我种下的火焰——感受到一丝极地探险的滋味。在经过皑皑雪原抵达一处庇护所后，我得到的奖赏是温暖美好的火焰跳起的牧羊犬之舞，它只为我起舞。

这件小事听起来一点儿也不重要，但其实它是一场真正的探险。我在那个房间里清清楚楚地看到的是我作为一个参观农场的游客永远也发现不了的东西，它只会呈现出普通的开阔景象，一张床、一个水壶和一个壁炉就是这里所有的家具了，而我会因为无聊而哈欠连连。我又怎么能认出其中三个区域和它们各自的文明——睡眠、火焰和沙漠的文明呢？我又怎么能感觉到这副躯体历险的过程：刚开始是孩童的身躯，因为与女性的胸部相连而被充分地保护着；然后变成饱受折磨的军人之躯；最后是一个男人沉浸在欢乐的火焰之中的身体。火焰就是其部落文明的图腾柱，它赐予部落之主和他的朋友们无上的荣耀。当朋友们拜访这位部落之主，他们都分享着他的庆典，把椅子搬得离他更近一点，与他商讨白日里那些让人忧虑的问题。而在他们摩挲着手掌、把烟管加满的时候，他们情不自禁地说道："哦，能看见炉火真是太好了！"

但是现在，这里没有火焰给我带来对友谊的信仰，也没有寒冷的屋子能让我产生对冒险的信仰，这里是一片绝对的虚空，除了无尽的苍老什么也没有，除了约赛特的声音，固执又空灵地请求着：

"左脚踩一下，上尉……"

第十二章

我尽心尽力地在完成我的职责，这样做的后果就是我正在朝着被击落的命运笔直飞去。我沉浸在失败的痛苦中，失败的滋味从四面八方渗透过来，我手里的操纵杆就是失败的象征。

油门杆已经被冻住了。我必须全速飞行，两个毫无用处的金属操纵杆却构成了我无法解决的难题。

这架飞机上任何螺旋桨桨距的调整都是被严格限制的。如果我油门全开，那么我势必会达到接近每小时500英里的速度。引擎将会加速，而不断加速的引擎是可能坏掉的。

如果采取极端措施，我可以切断点火装置。但是那样的话会造成无法恢复的失速，随之而来的也是任务的失败和飞机的坠毁，而且不是所有的地形都有利于一个时速115英里的飞机着陆。

所以我有必要来解冻这些操纵杆。方向杆的问题一次性就解决了，第一右舷却怎么都不肯让步。

我可以通过让唯一受控制的左舷引擎减速，让飞机在一个可承受的速度范围内降低飞行高度。但是这样做的后果是我必须采取措施来控制来自右舷的侧推力，以防飞机向右倾斜。而且我还必须抵抗飞机的旋转力，可是抵抗旋转力的舵杆也被冻住了。这样一来所有的制衡方法都行不通了。一旦我让左舷引擎减速，我就会陷入自我矛盾的僵局。

我只能冒着风险以超过引擎解体的理论速度来加速下降飞行高度，也就是每分钟3500转。

所有的事情都失控了。我们的世界像一个由不完全咬合的齿轮构成的手表。制作手表的材料不是关键，关键是我们没有钟表匠。

经历了九个月的战争，我们已经无法说服工厂升级飞机机枪还有控制系统来适应更高的要求。然而我们不是说人没有过失。大多数的人都是认真工作并且品德优秀的。他们的惰性通常只是他们效率很低的一个影响因素，而不是导致他们效率低下的主要原因。

他们的效率低下对我们来说是一种毁灭性的打击。就像是带着刺刀的步兵们面对着坦克，打群架时一打十，他们的效率低下给那些把升级机枪和控制系统作为本职工作的人带来沉重的负担。

我们生活在一个管理体系没长眼睛的肚子里面，这个体系就是一台机器，它越好，就越能消除人类主观的影响。如果人们都只是这个系统中的齿轮的话，那么懒惰、欺骗和不公正将再也不可能获取权势。

正如机器是被用来确保一系列的预定行为，它并不能创造新的事物，它只能管理，对任何错误处以恰当的惩罚，对任何问题给予同样的解决方法，人们是不会利用一个体系来解决意料之外的挑战的。假使你放一根木头在轧钢机上，它是不会给你生产出家具的。然而，对于一个应用于生产目的的机器，人们有权利把它拆分开来，但对于一个被设计成专门管理人性主观影响的体系，它的齿轮并不接受人类的干预。它们拒绝钟表匠。

11月的时候我成了2/33侦察中队的一员，入队第一天我的同僚就警告我：

“你会过得相当愉快——不用机枪和控制系统就能在德国人头上飞。”

然后他又安慰我道：

“不过别放在心上，不会有太大差别的，因为在你看到敌方战斗机之前他们就把你击落了。”

现在是5月，距11月已经过去6个月了，机枪和控制系统仍旧冻得死死的。

我脑海里浮现出一句谚语，和我的祖国一样古老的谚语：“当法兰西失去一切，它终将被奇迹挽救。”现在我有点明白这句话了。有时候一场浩劫使美丽的管理机器脱轨了，它受到不可修复的损伤之后，为了使情况好起来，少数人就会顶替它的位置，而正是这些人挽救了法兰西。

如果航空部被炸成了废墟，他们就会急迫地找个人——随便什么人——告诉他：

“你的职责就是使那些控制系统解冻，你有充分的权利做任何事。但要是两个星期后它们还冻着，你就等着坐牢吧。”

说不定这样控制系统才不会被冻住。

我可以对这个有瑕疵的体系举出上百个例证。北方某部门的征用委员会征用了怀孕的母牛，并因此把屠宰场转化成胎儿的墓地。这台机器里面没有哪个齿轮，或者说征用委员会里面没有哪个上校有权力作为齿轮之外的存在，就像在一只手表里面，他们都要屈从于另外某个齿轮的运转，反抗都是徒劳的。所以这机器只要稍微失去一点平衡，它就会急切地想要宰杀那些怀孕的母牛。或许它没有这么邪恶，但是如果让它脱轨得更严重，它或许会开始宰杀它的上校们。

我从骨髓深处为这崩坏的状态感到深深的沮丧，但是沮丧对点燃我的引擎没有一点帮助，我只能再一次把全身的重量压在右舷的油门杆上，直到自己感觉反胃，才重重地坐回椅子上。这次的努力让我的胸口又是一阵痛楚。人类的确不是被造出来在33000英尺的高空做体力劳动的。那痛楚是一种闷痛，是一种奇怪地苏醒于黑暗人体器官中的警醒。

要是这些引擎想爆炸，它们自己就可以爆炸，我根本改变不了什么。我现在要专心地为了呼吸而战，如果不专心我可能永远都不能呼吸了。我想起传统的生火方式伴随的吼叫声，我在重燃自己的生命之火，希望自己还赶得上。

我造成了什么不可挽回的灾难啊？在33000英尺的高空，哪怕一个小小的耗体力的动作都会撕裂心脏的肌肉。心脏是多么脆弱的东西啊，需要长期的养护，要是为了做这样粗鲁的工作置它于险境，那真是十分荒谬，就像熔烧钻石去煮个苹果。

第十三章

德国鬼子长驱直入，烧杀掳掠法国北部所有的村庄，不会因为它们的惨状消停哪怕半天。那些村庄，那些古老的教堂和房子，承载着它们所有的记忆，华丽的胡桃木地板，橱柜里上好的亚麻布和窗边的蕾丝，直到今天也不曾磨损……而今天我将看到它们从敦刻尔克一直烧到阿尔萨斯。

当你从33000英尺的高空俯瞰的时候，燃烧是一个很宏观的意象，密不透风的浓烟仿佛吞噬森林一样吞噬了整个村庄，一动不动像是发白的肉冻，火焰燃烧的样子就是一次看不见的消化过程。在33000英尺的高空，时间都慢了下来，因为感觉不到任何运动，没有喧嚣的火焰，没有冲击的波浪，没有螺旋上升的黑烟，只有这发灰的牛奶凝固在琥珀色的空气里。

森林未来会得以治愈吗？村庄未来会得以治愈吗？从我这里看去，那场大火一点点地啃咬着，像疾病的侵袭。

关于这个问题也有很多说法。“我们应该毫不犹豫地牺牲我们的村庄。”此为其一，我认为说得没错，因为在战争中村庄不再是传统文化的温床，它们在敌人手中沦落为老鼠的巢穴，村庄蕴含的意义已经发生了改变。那棵荫蔽你家族上下300年的老树阻挡了某个中尉的火线，中尉今年22岁，他派来15个兵就消灭了这个时间的杰作。他甚至只花了十分钟来根除这300年的耐心成长，300年的阳光沐浴，你的家族300年来的信仰，还有在那花园树荫下诞生的婚约。

“我的树！”你说道。

他没有听到你的话，他在战斗，他并没有错。

不过在这里战争真实地发生了，村庄被烧杀殆尽，花园被撕成碎片，战士们前仆后继地牺牲，步兵被送去抵挡坦克的步履。忧虑笼罩在大地之上，而这一切原本毫无意义。

敌人注意到一个明显的事实并对其加以利用——在广袤的大地上，人只能占据非常小的空间，所以我们需要数以亿计的士兵来筑成连绵不断的城墙，理论上只要部队转移，防御的城墙就会出现裂缝，而对于坦克来说移动与静止是相对的。那些裂缝，实际上变成了开放的入口，因此那些坦克有了这样一个简单的战略基准：“一个师的武装部队和水的工作原理一样，水总是轻柔地挤压着容器壁，但它只会在没有抵抗的地方前进。”于是坦克压迫我们的防线，城墙总有裂缝，它们总能攻破。

现在这些钢铁武装起来的入侵者，在对手没有坦克的情况下轻而易举地前进着，给途经的各地带去不可修复的伤痛和显而易见的灾难（俘虏人员，切断电话线，烧毁村庄）。他们就是导致神经和神经节而不是整个身体坏掉的化学试剂，在他们进行闪电式进攻的区域，一支军队或许看起来还是军队的样子，但是它已经不堪一击了，它变成了块状的细胞，曾经是有机体的地方现在都变成了分崩离析的器官。在细胞之中——不管个人的战斗精神是多么勇猛——敌人可以随心所欲地挺进我方腹地。当它仅仅是一群军人的集合的时候，一支军队就变得不堪一击了。

军备两个星期肯定造不出来，甚至可能……军备竞赛我们必输无疑，就像4000万农民在对抗着8000万工人一样！

我们对抗敌军是一个人打三个人，一架飞机打10架或者20架飞机，而且从敦刻尔克开始，我们用一辆坦克对抗100辆。我们没有时间汲取过去的经验，每个人都在疲惫地应付当下，现实就是这么残忍，没有任何牺牲能抵挡德国人的进军。

于是一股没人说得清楚的不安感统治了所有阶层，从水管工人到部长，从士兵到将军，没人胆敢出言讨论。假如牺牲已然与滑稽的模仿或是自杀无异，它便失去了它所有的尊严。自我牺牲是崇高而美丽的：一些人死去，是为了其他人能活下去，人们用生命的热情与现实的烈焰抗争，生命不息，战斗不止，他们深深扎根在战壕里，让救援人员能够及时赶到。但是烈焰无情，不管人们付出多少努力，它终将无可避免地蔓延开来去吞噬大地。没有地方可供他们挖掘战壕，他们也就没有希望等到救援。而对于那些我们为之战斗的人，那些我们声称要保护的人，事实上却是我们增加了他们死亡的概率。因为飞机在部队后方炸毁了城市，已经改变了战争的势态。

也许以后我会听到外国人批判法国所剩无几的坚挺着的桥梁、没被燃烧殆尽的村庄和没有大批死去的人。但这是个矛盾的地方，恰好也最深刻尖锐地冲击着我：我们对闭上双眼和塞上双耳无止境地渴望，我们对盲目黑暗的环境绝望地反抗。任何事情都不是为了长远考虑，我们轰掉桥梁来玩这个游戏，烧掉村子来玩这个游戏，人们都快死了战争才有了战争的模样。

当然我们会漏掉一些！我们漏掉一些桥梁、村庄，让一些人得以生存，然而失败的下场在于它剥夺了一切行动的意义。那个受命轰炸桥梁的士兵心中只有浓浓的乡愁，他不是在拖延敌军，他只是制造了一座废桥而已。他毁掉了他的祖国只为了把它变成一幅壮丽的战争画卷！

一个行动的重要性必须清晰明确，它才能深入人心。如果烧掉所有的收成把敌人都埋在灰烬里当然很好，但是拥有160个师的军力的敌人，只会嘲笑我们的火焰和牺牲。

烧掉一个村庄的意义必须和这个村庄本身的意义等价，实际上我们烧掉村庄只有装模作样的作用而已。

死亡的意义也必须与死亡本身等同。我们的人仗打得漂亮吗？这个问题本身毫无意义，我们都知道一个小镇理论上的防御时间为三个小时！但是我们的人肩负着坚守阵地的命令，因为没法战斗，他们自己恳求敌人将村庄摧毁殆尽，保持对战争这个游戏规则的尊重，好比一位友好的象棋对手会说："哦，你那个卒差点没了……"

然后他们奋起抵抗："我们是村庄的守卫者，你们是无耻的入侵者。来吧！"

挑战开始。一支空军中队就这样把村庄碾碎在脚下。

"干得好，长官！"

当然一些人已经倦怠了，倦怠是一种绝望而粗浅的形式，一些人做了逃兵。艾利斯少校自己就不止一次地把枪口对准在路上遇到的那些昏昏沉沉的可怜人，因为他们总是躲躲闪闪地回答他的问题。我们怀有多么热切的冲动想要找出那个对这一切的灾难负责的人啊，消灭了他就能拯救世界！逃兵要对这场溃败负责，因为没有逃兵就不会有溃败，只要把枪对准他们，那么一切就都会好起来的……但这种行为好比是通过掩埋病人来抑制疾病一样。最后艾利斯总会把枪放回手枪皮套里去，那把枪对他而言突然显得怪诞而浮夸，像喜剧里面的一把军刀。艾利斯最清楚不过，那些可怜可鄙的军人是这场灾难的结果，而非原因。

艾利斯也清楚，这些人和那些在其他地方接受着自己终会在特定某天死去的人是完全一样的。在过去两个星期里，15万人接受了这个事实，还有一些反叛的灵魂想要得到合理的理由。

把这个理由说出来是很困难的。

一个跑步的人排着队正在与同样水平的人展开生命的较量，然而当起跑枪声响起时，他才发现有个球拴在了他的腿上，他的对手们轻盈得像有翅膀的小鸟，这场比赛变得毫无意义，而他退缩了：

“这场比赛不算分的……”

“哦，不，它算分……”

我们能搜肠刮肚出什么样的说辞来劝服一个人使他彻底认同这已经不算比赛的比赛呢？

艾利斯再清楚不过那些士兵是怎么想的了：

“这场比赛不算分的……”

他把左轮手枪拿开，寻求着更好的答案。

这里有一个好的，而且是唯一一个，任何人都不能找到比它更好的答案了：

“你的死亡不会改变任何事情，我们的失败早已注定，但这失败必须靠尸体的堆砌来彰显，必须哀鸿遍野，你的任务就是扮演那个角色。”

“非常好，长官。”

艾利斯没有看不起那些逃兵，他清楚地知道他的答案一直那么充分，他接受了自己将会死亡，他的答案对我们来说也是充分的。同样的答案，只不过加上了这样的掩饰：

“真是相当棘手，但是司令部希望能够完成它，他们真的非常需要它……我试过和他们争辩，但他们还是不改初衷……事情就是这样。”

“非常好，长官。”

我的简单的信念就是那些已经去世的人为剩下的我们做了担保。

第十四章

我已经很老很老，老到把所有事情都抛之脑后了。我从舱口闪着微光的缝隙朝外望去，有人在下面，就像显微镜下的纤毛虫。我怎么能对这些显微生物的家庭纠纷有兴趣呢？

如果不是心脏的绞痛让我看起来还像活着的生物，我早就像年迈的暴君一样沉入模糊朦胧的梦中了。十分钟之前我还梦到我们都是电影演员的设定，做作得令人恶心。我是不是幻想着在看到战斗机时发出一声轻柔的叹息？我想起了尖尾巴的胡蜂，哦，是的，那些肮脏的小东西。

不知为何，我竟然毫不恶心地创造出那个带着后摆的长裙的景象！那并不是我的真实想法，简单地说是因为我从来没从梦境中醒来！我像是被塞进盒子里的雪茄一样嵌在驾驶舱，动弹不得，根本看不见后面的任何东西，我只能通过炮兵的视野观察后面，并且这还是在内部通话系统正常工作的前提下！而我的炮兵从没说过："一些慕名而来的求婚者，追随着我们长裙的后摆……"

怀疑主义和耍滑头，现实里除此之外什么都没有。自然我也愿意去相信，去战斗，去胜利，但是不管一个人多么努力假装去相信战斗和胜利，他也没办法通过烧毁自己的村庄得到灵魂上的升华。

存在是困难的。人只是关系网络里的一个节点，而那些联系着我的绳索变得不那么重要了。

是什么东西在我体内停止了工作？细胞的更替有着怎样的秘密？在其他环境下我将会怎样被此时此刻抽象而遥远的事物深深影响着？一个字或者一个手势又是怎样在一个人的命运里面掀起无尽的涟漪？假使我变成发现了微生物行为的巴斯德[①]，那载玻片是多么让我牵肠挂肚，它成为一片无穷无尽比原始森林还要广袤的领域，驱使我鞠躬尽瘁地研究它，而经历这样一场最高形态的探险将会是怎样的奇遇啊？

人类的房子怎么会像个小黑点一样在我下方呢……

一段回忆闪现在我的脑海。

当我还是一个小男孩的时候……我穿越记忆回到久远的童年……童年，这是一段从我们完全出现在世间就开始计算的茫茫时空！我从哪里来？我来自我的童年，仿佛我的童年等同于某个国家。当我还是一个小男孩的时候，有天晚上我经历了奇异的事情。

那时我五六岁，到了晚上8点，孩子们都该上床睡觉了，尤其在冬天，天已经完全黑了，但是他们忘了我。

现在在这所大房子的底层，一个无边无际的大厅呈现在我眼前，它通往我们小孩子用餐的温暖房间。这个大厅总是会让我

---

① 路易·巴斯德（1822—1895），法国微生物学家、化学家。他研究了微生物的类型、习性、营养、繁殖、作用等，奠定了工业微生物学和医学微生物学的基础，并开创了微生物生理学。

心生恐惧，大概是因为它中央昏暗的吊灯难以于黑暗之中解救它吧。护壁板延伸得很高，在沉默中发出嘎吱嘎吱的声音，大厅很冷，那是一种信号——从明亮又温暖的房间进入这里就像是秘密潜入了洞穴。

但是那天晚上我发现我忘了这事，屈服于内心的小恶魔，我踮起脚悄悄地挪到门把手那儿，把门轻轻推开，开始了一场对世界的探险。

护壁板的嘎吱声预示着上天的愤怒，透过阴影我能瞥到无穷无尽的饱含责备的护壁板。恐惧使我无法前行，我爬上一个小桌，背靠着墙壁待着，双腿颤抖，心跳加速，好像一个漂到大海中暗礁上的沉船幸存者。

这时客厅的门打开了，两个给我带来一阵强烈恐慌的叔叔一边聊天一边关上了门和门后的灯，开始在大厅里面闲逛。

我惊恐地发现其中一个是休伯特叔叔，他在我眼中就是严苛的代名词，一个残酷的正义代表。这个人，从来不会对任何一个孩子动用一根愤怒的手指，每次我犯错的时候，他都用那恐怖的眼球注视着我，说道："下次去美国我要带一台鞭打机回来，所有的美国机器都工作得非常完美，这就是为什么美国小孩都表现得很好。鞭打机真是父母的福音……"

我不喜欢美国。

现在他们就在这里，来来回回地在没有边际的冰冷大厅里踱步，他们并没有看到我。我用眼睛和耳朵追随着他们每一次迈步，屏住呼吸，感觉眩晕。"在这个时代……"他们说着仅供大人分享的秘密走开了，而我低声重复道：“在这个时代……”然后他们又像潮水般折回，给我带来无法破译的珍宝。“真是疯狂，”一个说着，“纯粹的疯狂……”我把这些词组像珍奇的物品一样收集起来，然后缓慢地重复它们，来测试它们对我五岁的意识产生的影响力：“真是疯狂，纯粹的疯狂……”

叔叔们以星辰的规律像潮汐涨退般来回走动，就像是重力作用下产生的现象一样，一个模糊但是全新的关于生命的想法对我敞开了大门。仿佛永恒地被放逐在孤独的小桌上，我成为秘密的窃听者，窃听一场我那些博闻强识的叔叔关于创造世界的严肃而神秘的会议。这座房子好像就这样伫立了上千年，而这上千年中我的两个叔叔以钟摆般缓慢的节奏在大厅里面来去，给我传递了永恒的感觉。

我看到的那个黑色斑点大概是谁的房子，在我正下方六英里的地方，它没给我留下任何印象。但它也许就是那个位于郊外，有两个叔叔来来回回走着的大房子，它也许正缓慢地在一个孩子的意识里种下犹如无边无际的海洋一样奇妙的东西。

我在33000英尺的高度，可以把整个省的领域收进眼底，但是一切又都压缩到了令人窒息的程度。我在这儿拥有的空间比我在那个黑点里拥有的还要少。

我失去了所有关于宽广的概念，我对它感到盲目，也感到一阵渴望。而我通过呼吸这一本能和全人类联系在了一起。

当机遇唤醒了爱，一个人身边的所有事情都会因为爱变得井然有序，爱也会给予这个人宽广的感觉。在我住在撒哈拉的日子里，阿拉伯人曾出现在黑夜里，在我们的篝火旁警告我们远方的危险，沙漠因此变得有了形状和意义，那些信使成为它的广度的创造者。好的音乐一样如此，简单地闻到老橱窗的气息就唤醒了一连串记忆也是同样的道理。伤感存在于我们对宽广的感知里。

但是我也明白，没有哪一种真的使人忧心的感知是可以计算或者测量的。对宽广真正的感知并没有传递给眼睛，而是只传到了精神。它的价值就是语言的价值，因为正是语言使之成形，使之彼此联系在一起。

现在我开始逐渐看清一种文明意味着什么。文明就是信仰、习俗和知识的遗产经过好几个世纪慢慢积攒下来的产物，很多时候难以用逻辑解释，不过随后总会得到证明，好比一条通往未知的道路，它会在沿途向人们展示自己内在的宽广。

劣质的文学告诉我们逃跑的必要，于是我们理所当然地奔上了那寻找内在的宽广的旅程。但是内在的宽广是不可能被找到的，它必须被创造，而逃跑永远无法抵达目标。

当一个人为了使自己获得生而为人的感觉，他觉得有必要去赛跑，去参加合唱团或是去打仗的时候，他就自愿把自己和别人以及这个世界联系在一起了。但这些都是微不足道的联系。如果一种文明足够强大有力，那么即便是静止不动，它也能使人们内心充实。

一个单调的下雨天，在安静的小镇上，我看见一个瘸腿的人，她正在调整修道院的窗户。她是谁？她一直以来都是被怎样对待的？她的存在感的强烈程度将会成为我对这小镇文明的标尺。当我们再也不能移动的时候，我们又价值几何呢？

在多明我会[1]，强烈的存在感存在于人们祈祷的时候。一个人在他伏倒在地、静止不动时已经不单单是一个人了。巴斯德在他透过显微镜观察时也不单单是一个人了。他在前进，他突然起步奔跑，在他的静止不动的世界里大步向前迈进，开疆拓土。塞尚，沉默而平静地坐在他的草图前，成为无法估量的存在，当他在静默里权衡着他的每个笔触的效果时他不单单是一个人，他的帆布比大海更为宽广。

对内在的宽广的感知是我在童年的家里和奥康地的小屋里获取的，在巴斯德的显微镜的视野里面也得到了，也有在诗歌里面感悟出的……这是只有文明能赠予的脆弱而又奇妙的礼物，因为内在的宽广之感不能以眼观之，只能用精神体会，并且假如没有了语言，便无法谈论这种感觉了。

但是当一切都变得使人困惑起来的时候，当被造成船只曾承载着一家几代人的花园里面的树木如今仅仅是武装力量前行的障碍的时候，我该怎么用语言去赋予生命应有的意义？当炮兵的压迫已经碾碎了城镇村庄，把整个国家挤压成流淌在路上的黑色果汁的时候；当法兰西处于如开膛破肚的蚁丘这般混乱、肮脏、无序的境地的时候；当我们不是对抗着有血有肉的敌人而是冻僵的舵杆、堵塞的控制系统和插不紧的门闩的时候……

“现在你可以下降了，上尉。”

---

① 天主教托钵修会的主要派别之一，由西班牙人多明我于1217年创立。

我可以下降，我本应下降，然后带着上千年的文明的支持低空飞过阿拉斯。但是它对我一点作用也没有，我敢说这并不是值得纪念的时刻。

每小时500英里以及每分钟3530转的速度让我迷失了。在我倾斜飞行的时候，我的身后是一轮怪诞的红日，在我前面下方三四英里的地方，我可以看到云朵上直线勾勒的冰原，整个法兰西都掩藏在它的阴影之下，阿拉斯也不例外。我想象着冰原下面的世界都蒙上了一层黑暗，那里是一口巨大的汤锅，战争就在里面炖着。交通堵塞、战火、散落的武器装备、摧毁的村庄、混乱……巨大的屠宰场。人们在云层下面漫无目的地荒谬地移动着，像是石头下面的鼠妇。

这次下降像是浇在废墟上的瓢泼大雨，我们将在它们的泥塘里溅起，我们回归到摇摇欲坠的野蛮主义，身下的一切都在堕落腐烂！我们就像是不名一文的游子从长满珊瑚和棕榈树的富裕的土壤回到家乡平庸的俗世生活中，如今要和忧郁的亲戚们分享油腻的食物，分享家庭内部的钩心斗角、追债的法警、财务纠纷带来的良知上的愧疚、虚伪的希望、令人丢脸的住址变更、傲慢自大看不起人的房东，分享救济院的医院里的穷困窘迫和死亡的恶臭。至少在这儿，死亡是干净的！在冰与火中的死亡，有阳光和天空做伴。而在下面那片土地上，死亡只能被滑腻的泥土慢慢消化殆尽。

第十五章

“朝南边，上尉。最好是在法占区上方降低飞行高度！”

看着下方掩映在黑暗中的公路，我明白了什么是和平。和平时期，一切事物都相互联系在一起，乡下人会在夜幕降临的时刻回到他们乡间的房屋。稻谷好好地待在谷仓里，亚麻布整整齐齐地叠在专属的柜子里，和平时期每一样东西都有它自己的地方，并且这个地方是已知的。我们知道在哪儿能够找到每一个朋友，也知道可以把脑袋搁在哪儿睡觉。但是当这个结构崩溃的那一刻，当我们在这个世界的容身之所消失的那一刻，当我们与心爱的人失去联系，当丈夫们再也没能从大海上回到家中，和平就死去了。

事物有了自己的意义和位置时，事物作为一个巨大整体的组成部分时（就像土地中分散的矿物质，一起被吸纳集中在树木中），事物就会展示出一个面目，而和平就可以对其进行观察。

但现在是战争。

因此我在这里，飞过被源源不断的果汁染黑的道路。据说人们都被疏散了，不对，他们是自愿撤离的，这次外迁疯狂地蔓延开来。这些流浪的人要去哪里呢？他们朝南方走去，好像南方有房子、食物和热情的接待等着他们。但在南方，只有充满爆破声的城镇、库存耗尽的粮食库，人们都睡在仓库里。在南方，最慷慨的心也因为要应对这种荒谬的侵略而逐渐变得坚硬，因为如同裹挟泥沙缓慢移动的河流，逃难的人正在吞噬着人们的善心。一个省不可能收容和喂饱一整个法兰西！

他们要去哪儿？他们什么都不知道！他们朝着幻影的避风港跋涉，在队伍接近绿洲的那一瞬间，绿洲已经不再是一个绿洲了。每个绿洲先后崩溃，向着队伍倾洒它的全部。如果队伍来到一个真正的村庄，似乎仍然活着的村庄，它可以在一个晚上释放它的本质，像骨头上的蠕虫一样把村庄啃食干净。

而敌人前行的速度比外迁的人群更快，某些地方的人流变得稠密，人们旋涡般后退来避让装甲车的通行。那是德国的师部碾过四溅的玉米糊。用一个奇怪的悖论来表达就是那些在其他地方做杀手的人，现在你可以看到他在分发饮用水。

在撤退的过程中，我们驻扎过十几个紧挨着的村庄，并且浸泡在黏滞的淤泥里缓缓通过它们。

“你们去哪儿？”

“没人知道。”

他们从来不知道，没人知道任何事情。他们在撤离，但是并没有避风港在等着他们，没有路对他们敞开，他们依然在撤离。一只巨型靴子砸向了北方的蚁丘，蚂蚁费力地移动着，没有恐慌，没有希望，没有绝望，仿佛只是受到职责的驱使。

“是谁命令你们撤离的？”

一般都是镇长、学校老师或者代理镇长。某天凌晨3点，这个命令打破了全村的寂静：

“我们要撤退了。”

他们已经期待了它两个星期，因为流落至此的难民已经改变了他们的信念——家园不是永恒的。但是人已经很长时间不再游牧流浪，他建造的村子存在了好几个世纪，而他抛光的家具还可以伺候他的孙子。家族的屋子像一艘精良的船接收他的出生，又把他送向死亡，然后又将他的儿子从此岸送到了彼岸。那些安稳的生活全都结束了，迁徙的人们却连为什么迁徙都还不明白！

第十六章

关于这些公路我们有过沉重的经历，有时候一个上午的观察行动会带我们穿过阿尔萨斯、比利时、荷兰、法国北部和大海。但我们的主要问题集中在地面上，我们的视野局限于十字路口密不透风的交通堵塞！因此就在三天前，约赛特和我看到我们曾驻扎过的村子支离破碎，毁于一旦。

我不认为我有一天能摆脱这缠人的记忆。我们早上快6点的时候从房间里出来，约赛特和我撞见了难以用语言描绘的混乱场面——每一个车库、货棚和谷仓把所有类型的机器都吐到狭窄的街道上：新型汽车、在尘土中沉睡了半个世纪的来自另一个时代的货车、运粮车、卡车、马车，还有运粪便的车。如果我们仔细观察的话，毫无疑问还会有公共马车在这个“马戏团”之中。每个车轮子上的车厢都被掏空了，家里面的珍品胡乱裹在撑裂的床单里被倒进车厢，被剥夺了珍品的形式和意义。

它们是房子的脸面，是个人信仰中被尊崇的对象，每件珍品都有自己的位置，生活习惯赋予了它不可或缺的特性，相处的回忆为它做了点缀，它在以自己为基础的亲密关系中实现了自己的价值。如此珍贵的物品，如今都从壁炉台上、桌子上或是墙上被搬下来，在旧货店里面混乱地摆成一堆，展示着它们的破损和眼泪。再神圣的遗物，一旦堆积在一起，就让人倒尽胃口！

有什么东西在我们眼前腐朽了。

“你们都疯了！出什么事了？”

我们常去的那家咖啡店的女主人耸了耸肩：

“我们要撤离了。”

“我的天，这是为什么？”

“没人知道，镇长让我们撤离。”

她匆忙地消失在楼梯上，约赛特和我注视着街道，卡车、小汽车、马车和大游览车都被用来运送混杂在一起的小孩、床垫和厨具。

那些古老的马车是最可怜的，一匹马儿稳稳地站在两个车把柄之间制造出一种祥和安乐的错觉。马儿不需要多余的零件，马车可以用三根钉子修好，但是所有这些机械时代的遗物，这些活塞和阀门与磁电机及齿轮的组合，跑得了多远呢？

“上尉……你能帮我一下吗？”

“当然可以，怎么帮？”

“帮我把车从谷仓里面弄出来。”

我惊讶地看着她：

“但是……你知道怎么开车吗？”

“哦，上路了就知道了……不会很难的……”

上路，带着她的嫂子和七个孩子……

上路，她要每天开车行驶12英里！每200码她都不得不刹车、停车、脱开和接合离合器、改变变速齿轮，以及面对所有无法摆脱的塞车的混乱。她会毁掉她的车，那时没有燃料，没有汽油，她甚至会忘了给车加水……

“注意车里的水位，你的散热器漏水漏得就像个筛子。”

“你知道这不是一辆新车……”

“你可要开着它一个星期……你要怎么才能完成这次撤离啊？”

“我也不知道……”

开不了六英里她就会撞上三辆车，卡住离合器，刺破车的轮胎。然后她、她嫂子和七个孩子将会开始哭泣，她们面对着超出了她们能力范围的困难，无法做出任何决定，她们会放弃，坐到路边等待一个牧羊人的到来。哦，现在，牧羊人……牧羊人真是难以想象地稀缺。约赛特和我看到羊群把事情都掌控在自己手里，让机械设备发出巨大的咔嗒声，3000活塞，6000阀门，所有机器都在摩擦、剐蹭、叮当作响，散热器里的水已然沸腾。这些都是为了让这支注定要失败的队伍移动起来所费的力气，这样的队伍没有零件，没有备胎，没有燃料，没有机械师。简直是痴人说梦！

“你们为什么不待在自己家里呢？”

“哦，是的，我们宁肯待在家里！”

“那你们为什么要走？”

“我们被告知……”

“谁告知的？”

“镇长……”

总是镇长。

“哦，是的，我们宁肯待在家里！”

的确如此，我们在这儿呼吸不到恐慌的空气，有的只不过是盲目辛苦的劳动，所以约赛特和我试图让其中一些人清醒过来：

“你们最好把所有东西都卸下来，至少你们可以从自己的喷泉里取水喝……”

“哦，是的，我们应该考虑得更周全些……”

“但是你们有自由去选择！”

我们赢回一局，一群人围着我们听讲，不时有人点头表示同意。

“……上尉是对的，他说得对。”

信徒们接受了我的说辞，我已经转变了一个道路修理工的想法，现在他比我还要热切：

“我早就这样说过了！我们一上路就只能吃沥青。”

他们争论，他们认同，他们会留下来，一些人把话传递给其他人，然后他们又沮丧地回来说：

“不行，我们还是得走。”

“为什么？”

“烘焙师傅走了，谁来给我们烤面包？”

这个村庄已经偏离了正常的轴线，它四处都在崩溃破碎，它的实质正在通过这些孔洞流出来。

它已经没救了。

约赛特对此有个看法：

“悲剧在于这些人被告知战争是反常的，要是在过去他们宁愿留在家里，战争不过是生活的一部分……”

咖啡店主人又出现了，拽着一个大包。

“我们45分钟之后就要起飞了……你能给我们泡杯咖啡吗？”

“哦，你们这些可怜的孩子……”

她擦了擦眼睛，不，她不是为我们啜泣，也不是为她自己。她是为了可以预见的资源枯竭而啜泣。她已经感觉到自己陷入了一个每一步都走向衰退的队伍的土崩瓦解之中。

更别说在这个国家的某个地方，低空飞行的敌军战斗机将会以不规则的时间间隔用机枪扫射，向这群可悲的羊喷吐子弹。事实上令人惊讶的是他们在这个过程中是那么压抑。一些车燃起熊熊大火，但并不是很多，死去的人也不是很多，这是一场奢华的装饰，像是一句智慧的箴言，或者像狗叼着骨头在羊群边催促赶路，在这种情况下传递着不安的情绪。那么，这些携带这么少物资，局部而又零星的行动的意义究竟是什么呢？敌人不费多大力气就能摧毁整个队伍，而且实际上它不需要敌人来摧毁，自己就会毁灭。机械都是会自发毁坏的，它被设计成适用于和平稳定的社会环境，它也一直需要这样的环境。当人们不去修补它，调整它，并给它涂上油漆，机器就会以令人眩晕的速度老化。今天晚上，那些车子看起来将会有上千岁吧。

我觉得我正在观望这台机器垂死的挣扎。

这时走来了一个以国王的威严鞭打他的马匹的男人，仿佛坐在他的马鞍上称霸一方，脸上焕发容光。毫无疑问，他喝了一两杯。

“你看起来相当开心啊！”

“这是世界的尽头！”

我一想到这些工人，所有这些简单的人与他们精确定义的角色，连带着他们不同的珍贵品质将会在今晚成为寄生虫和害虫，我就感到疲惫和恶心。

他们正准备朝着整个领土扩散并且吞噬它。

“谁将给你提供食宿？”

“没人知道。”

谁能够养活数百万徘徊在道路上，每天以3到12英里的速度移动的难民？即使存在足够的食物，又怎么能够送到他们手里？

人类和废旧金属的混合物让我想起了利比亚沙漠，那时佩乎和我居住在一个不适宜居住的地方，那里覆盖着会在阳光下闪闪发光的黑色鹅卵石，大地好像装上了铁的皮肤……

我带着绝望凝视着这一奇观：蝗虫的飞行生活能够在这片沥青的领域坚持多长时间？

“那你们喝什么？等着老天下雨吗？”

“没人知道。”

六天里，有一股绵延不断的难民之流从北方通过了他们的村庄。六天里，他们都看着这无法停止的迁徙和撤离。现在，轮到他们了，他们在队伍里找到了各自的位置，但并没有找到说服自己的理由：

“我宁愿死在自己屋里。”

“我们都情愿死在自己屋里。”

没错，没人愿意离去的时候，整个村子像是沙堡一样粉碎了。

即便法兰西还有食物储存，运输这些食物将会完完全全被路上的交通堵塞变成不可能的任务。如果你不得不这样做，你可以在抛锚或者相撞的车辆纠缠在一起的混乱的十字路口强行开路，但这种方式不在我们的讨论范围之内。

“但是这里并没有什么食物储存，”约赛特指出，“所以这些问题并不存在……”

昨天传出谣言称政府下令禁止了所有村庄的撤离，但是只有天知道路上堵成那样，命令是怎么传达下去的，电话也要么打不通，要么线路被切断了。现在已经不是命令的问题了，人们需要发明一种新的道德守则。过去上千年的岁月里，男人都受到保护女人和小孩不受战争侵害的教导。战争是男人的事，镇长们知道这条准则，他们的代理人和学校里的老师们也知道。突然之间他们收到暂停撤离的命令，换句话说，必须让妇女和儿童留在炮击的现场，他们将需要一个月的时间调整自己的良心来适应这个新的时代。但是这一点风吹草动并不能推翻一个完整的思想体系，加上敌人还在不断地推进，于是镇长、代理镇长和老师们仍旧让他们的人民走上了公路。我们要做什么？真理在何方？没有牧羊人的羊群走向前方……

“这里有医生吗？”

“你不是这个村子的人？”

“不是，我们从更北的地方来的。”

“为什么你要找医生？”

“我太太，她在马车里，快生了。”

在一片厨具和废旧金属的荒地之中，仿佛一片荆棘地……

“你难道没有想到过这些事情吗？”

“我们已经在路上走了四天了。”

这条路像是你必须服从的河，没有地方可以停歇，它涌来时村子都自愿空了出来，一个个把自己吐进同一个阴沟里。

“这个村里没有医生，中队的军医在12英里外的地方。”

“哦，好吧。”

这个男人擦了擦脸上的汗。一切都崩溃了。他的妻子将要在一堆厨房用品之间生产。这并不残酷，它简单而无情无义地越过了人类能承受的极限。假如他妻子因此逝世，他也不会抱怨，抱怨是没有意义的。这就是现实，这就是噩梦。

“如果我们能在什么地方停下来……”

找到一个真正的村子、一间真正的旅馆和一所真正的医院……但是医院也撤离了。天知道为什么！这也是游戏规则之一吗？……最后只能找到真正的死亡！不过这里已经没有真正的死亡了，只有停止动作的尸体，就像停止动作的汽车一样。

不管走到哪里，我都察觉到一股疲惫的紧迫感，一种厌倦了紧迫的紧迫感。他们以每天3英里的速度逃离每天前进60英里或者更多的坦克和以每小时400英里的速度移动的飞机，好像从瓶子一侧流出的糖浆。那个男人的妻子即将分娩，然而时间在他身边变得难以估测，这是紧急情况，也不是紧急情况。它悬挂在紧急情况和永恒这两种不稳定平衡的状态之间停摆了。

所有事情都是在缓慢运动着的，好比说将死之人的反应。我们看着一群疲惫的绵羊在屠宰场的门外消磨着时间。500万，抑或是600万人被弃之于沥青之上？整个国家都站在永恒的临界点上疲惫又乏味地跋涉着。

我无法想象他们要怎么活下去，人又不能以吃树枝为生。他们自己的内心应该也意识到了这一点，但是并没有产生恐惧的情绪。把他们的人生轨迹从他们的工作和职责中撕裂开来的时候，他们就失去了一切的意义，他们的特质都被消磨殆尽，再也不是原来的他们了。将来他们会讲述曾经经历的痛苦故事，其中最重要的是他们都背部疼痛，因为携带太多的包裹搞得自己伤痕累累，太多打结的床单往下滑落兜不住装在里面的东西，太多车只有推着才能启动。

对于战败只字不提。这个不说也明白，好比你不需要评价你自己的本质如何，他们“就是”失败。

我突然有种法国被掏空内脏的强烈而突然的感觉。缝合起来，赶快行动吧！没有时间可以浪费……这些人都难以得到救赎。

这只是开始，他们已经要窒息了，就像离开水的鱼儿。

“这里谁有一些牛奶吗？”

一个让你笑掉大牙的问题。

“我家的小男孩从昨天起就什么都没喝过了……”

他还只是个六个月大的小婴儿，非常吵闹，但是不会吵闹太久了。鱼，离开了水……这里没有牛奶，只有废旧金属，一大堆没用的废旧金属，一英里一英里地分解，散落着螺栓、螺钉和钢板，它通过永不停歇却徒劳的外迁把一个民族渡向被遗忘的深渊。

有传言说向南几英里处有敌机在轰炸路面，我们甚至可以听到投弹和爆炸的声音，传言大概是真的。

但是人群里面并没有一丝恐慌，他们看起来还因此更有精神了，似乎这确凿的危险都比被缓慢地埋葬在废旧金属里看起来更有益健康。

想一想未来的历史学家们会怎样勾勒这一幕场景？他们会创造怎样的思想来给这一团烂泥赋予意义？加上一位部长的发言、一个将军的决定和委员会的讨论，他们将彻底把这一场幽灵的游行变成带着沉重的责任感和深刻的洞察力的历史性的论述。他们会创造出人们的抵抗和接纳，高乃依[①]关于自卫的演讲以及懦夫的行为。我知道一个疏散中的政府部门是什么样子的，我曾经在里面待过，我立即就能明白，当一个政府改变了它的位置，它就再也不能构建出原来那个政府了。好比是人的身体，假如你把它的各个部分都调换一下——把胃放这儿，肝放那儿，肠子随便放哪儿——这样的组合再也不能等同于原先的器官了。我曾经在空军部任职过20分钟，我可以负责任地告诉你一个部长对其部下仍旧具有积极的影响力，这简直是奇迹！仿佛一个完整有效的电铃

① 高乃依（1606—1684）是17世纪法国古典主义悲剧的代表作家，一向被称为法国古典主义戏剧的创始人。

依旧联系着部长和他的部下，他只要一按电铃，部下就会出现。

这才叫效率。

“我的车。”部长提出要求，这才能体现他的权威，他调动了他的部下，但部下不知道部长的车是否仍然存在于这个地球上。部下和司机之间可没有什么电铃，司机不知消失在这个广袤宇宙中的什么地方了。这些在政府部门供职的人怎么能够理解战争呢？沟通是如此艰难，我们甚至需要一个星期来对我们发现的某装甲师实施空袭。这个本身已经被开膛破肚的国家还有什么声音能够传达到政府那些人的耳朵里去呢？新闻以每天12英里的速度传播，电话都失灵了，并且在任何情况下它都没有能力来表达已然分崩离析的物质的本质。政府在一片虚无里面飘浮着——带着电磁的虚无。绝望和紧急的呼吁不时传递到那里，但是他们只能将之抽象地浓缩成三行。那些管事儿的人怎么知道外面上千万的法国人有没有因为饥饿而死去？而对上千万人的呼吁的回复就包含在一句话里，一句话解决所有的需求，说着：

“4点钟在X的屋子里开会。”

或是：

“看起来有上千万人死掉了。”

或是：

“布卢瓦沦陷了。”

或是：

“我们找到了你的司机。”

一切事情似乎都成为同一等级的事情，1000万人民和车子，东方前线的部队和西方的文明，司机的位置和英格兰与面包，现在几点了？

我会给你七个字母，这七个字母都是《圣经》上的，你用它们给我编出一部《圣经》来。

历史学家会忘记现实，他们将创造有思想的众生，由不起眼的纤维连接到可以表达的宇宙，他们拥有健全的声音和连贯的洞察力，并且能够通过笛卡儿逻辑的四个规则权衡严肃的决定。他们可以从坏势力中分辨出好的力量，他们是背叛者中的英雄。但是我想问一个简单的问题：

“背叛暗示着对某些事情负下的责任，对某些事情更好的管理，对某些事情产生的影响，对某些事情保留的见解，如今背叛简直就是天才的证明。那我们为什么不美化背叛者呢？”

无论你怎么看，总会发现和平的一些小迹象，虽然不是那种在战争被各种条约果断地结束之后明确定义的开创历史新纪元的和平。这是一个没有名字的时代，这是一切的终结，这终结的终点却遥不可期。这是淹没所有激情的沼泽。未来的结局是好是坏完全没有预兆，不，恰恰相反，我们正在一点点进入暂存的现实的衰亡，而这个过程却像永恒一样漫长。什么都不会结束，因为没有一个节点能够挽救这个国家，就像你紧紧攥着一个溺水的妇女的头发来挽救她一样。所有的所有都变成了碎片，最撕心裂肺的努力最多不过换来一缕头发。这即将到来的和平不是人类决定的结果，它席卷过我们站立的土地，像一场麻风病。

在我下面的这些道路上，队伍正在分解崩溃，德国的装甲车真是消耗和浪费水，看起来这些泥泞的土地都是土和水的混合产物。和平，已经侵入战争里，开始腐蚀战争本身了。

我的朋友莱昂·维斯一路上听到了一些不同寻常的故事，并且把它们记录下来写成了一本不错的书。左边是德国人，右边是法国人，中间是缓慢行进的难民。成百上千的妇女儿童试图从他们燃烧的汽车中摆脱出来。一位炮兵中尉身不由己地卷进了交通堵塞，试图将一门75毫米大炮拉上炮位，敌人对这门大炮任意射击，没有打中，却射倒了公路上的人。中尉脸上的汗水不停滴落，固执地坚持这难以理解的任务，他在挣扎着坚守一个不会留存超过20分钟的岗位（他们只有12个人）。几位母亲走向中尉：

“走开！从那儿出来！你们这些懦夫！”

中尉和他身后的人走开了。和平的问题无处不在地与他们迎头相撞，在公路上屠杀儿童自然是不可能的，但是现在每个开火的士兵的视野里总是会有孩子的背影。每一辆前行的卡车都会将一部分人置于险境，假如它无视人流前进，必将导致整个公路的堵塞。

“你疯了吗？让我们过去！我们的孩子就要死了！”

“我们在这儿打仗呢……”

“打什么仗？你们在哪儿打仗？你们向这个方向三天只能走四英里！”

他们只是卡车上一群普通的士兵，迷失在通往一场几小时前无疑已经停止的会师的路上，但是他们深深地嵌进了他们简单的责任里：

"我们在打仗……"

"你们最好把我们都载上！这是不人道的！"

有小孩子在哭喊。

"那他怎么办？"

哭声停了。没有牛奶就没有力气哭泣。

"我们在打仗……"

他们用一种令人绝望的愚蠢语气重复着这句口号。

"但你们永远也不可能找到你们的战役了！你们会和我们一起死在这儿！"

"我们在打仗……"

他们不知道自己究竟说的是什么，也不知道是不是在战争之中，他们从来没有见到过敌人，卡车带着他们追逐的目标比海市蜃楼还飘忽不定。一路上他们遭遇的都是泥泞中的和平。

混乱把所有东西都凝在一起，他们一从卡车上下来就被人们团团围住：

"你们有水吗？"

他们把水分享给大家。

"有面包吗？"

他们把面包分享给大家。

"你们打算就这样把她扔下让她死掉吗？"

在一辆被推进阴沟的破旧汽车里，有个女人仿佛在呼吸着她最后的几口空气。

他们把她拉出来，塞进卡车。

“这个孩子怎么办？”

他们把孩子也载上卡车，放在女人的旁边。

“还有那个快生产的女人呢？”

他们也带上了她。

还有另外一个，因为她在哭泣。

折腾了一小时后，他们的卡车摆脱了纠缠，转向南边。不稳定的板块，被平民的河流冲击过后会变得随波逐流。士兵们都被和平转化了，因为他们无法找到他们的战役。

因为这场战争的肌肉组织是看不见的，因为承受你发射的炮火的是一个孩子，因为在会师的地点绊倒你的是正在分娩的妇女，因为想象你正在传递情报或者执行命令是和与天狼星建立通信联系一样徒劳的事情。这里没有军队。这里只有人民。

他们被和平转化了，在各种各样突发事件的迫使下，他们变成了机修工、医生、牧羊人、抬担架的人，他们正在为这些谁也无法改造自己的废旧金属的百姓修理汽车。当他们劳动的时候，这些士兵也不会告诉你他们是英雄还是应该被送上军事法庭接受惩罚。奖章什么的早已不会使他们感到惊讶，死命抵住墙用颅骨去接十几发子弹也不会，停止移动也不会，他们很久之前就已经超越了惊讶的边界了。

在这个庞大的混乱场面中，没有一个命令、一个运动、一条新闻，没有任何东西可以传播超过两英里。而且，正如村庄陆续崩塌跌进阴沟，这些军用卡车也逐一被和平吸收和转化。这些已经完美地接受了死亡的男人——可压根儿没遇上生死存亡的事——现在在道路上迎接他们遇到的责任，比如修复这架古老的小型马车的轴承，马车里坐着三个修女，还挤下了12个快要死掉的儿童，为了上帝才知道的朝圣，前往上帝才知道的天堂。

就像艾利斯放下了他的左轮手枪，我也没办法评判这些放弃了军队精神的军人。推动他们的气流在哪里？推动他们的浪潮在哪里？团结他们的面容又在哪里？除了萌发于两三英里外的传言之外，他们对这个世界其他地方发生的事情一概不知。这传言在慢慢穿过这混乱三英里的时候逐渐获取了肯定的力量："美国已经加入了战争。教皇已经自杀了。苏联战机放火烧了柏林。停战协议三天前已经签署了。希特勒已经降落在英国。"

妇女儿童没有牧羊人，男人同样没有。将军和他的传令兵沟通，部长有他的部下，说不定通过他的雄才大略可以改造部下。艾利斯能够和他的士兵们交流，并且从他们身上得到生命的牺牲。军用卡车上的军士可以和那12个依靠着他的人沟通，但他不能和这个世界上任何一样其他的东西连接在一起。假如此时出现一位天才的领导者，他有能力对整个局势了如指掌，能够构思出拯救所有人的计划，那么他只需要将自己的存在化作一根12英尺长的电话线就行了。他可取胜的所有兵力就是传达员，如果线那头还有一位候着的话。

战争的失业大军现在正徘徊在道路上，那是一些掉队的各单位的零散士兵。他们没有表现出爱国者面对战败那种绝望，但他们心底隐隐约约还是企盼着和平，尽管和平在他们眼中不过是一场无法描述的混乱的收场和对既有身份的回归，无论这身份是多么卑微。从前的鞋匠将梦到他锤打着钉子锻造了世界。

如果他们头也不回地往前走，那么也是因为普遍的骚乱已经使他们支离破碎，而不是因为对死亡的畏惧。他们觉得没有任何东西值得恐惧——他们被掏空了。

第十七章

有一条基本的法则是这样的：被征服的人不可能在一夜之间变成征服者。当人们谈起一支惨败后依旧坚持抵抗的军队时，他们采取了语义的省略，因为那支惨败的军队和那支现在正与敌人缠斗的军队是不一样的。溃退的军队再也不是军队了。我不是说这些人本来不值得拥有一场胜利，但一次撤退就可以破坏原本的团结，无论是在物质上还是在精神上。构建了战时生态系统的预备役取代了向后方撤退的士兵，而正是这些预备役抵挡住了敌人的进攻。至于逃兵，他们被抓住并重塑成一支军队。假如没有预备役投入战斗中，第一次的撤退将是无法弥补的。

只有胜利能把人们团结在一起，失败不仅使人和人分离，也使人与自己分离。那些逃跑的人不会为法国的陨落哭泣，因为他们自己也被打败了，因为法国的失败不是发生在他们周围的，而是发生在他们身体里的。为法国哭泣标志着胜利的感觉。

对于几乎所有人来说，不管是仍旧在坚持抵抗的，还是防御已经全线崩溃的，法国失败的面容只会在战后的沉默中显现出来。今天，每个人都将自己的精力耗尽在一些庸俗的细节上，这些细节要么顽强，要么崩离：破旧的货车，堵塞的公路，卡住的油门，荒谬的任务。这种普遍的崩溃的迹象在于所有军事任务都进入了荒谬的境界，并且没有任何行动旨在应对这种崩溃。所有事情都在自我分裂。我们不会为了整体的灾难哭泣，我们哭的是手边有形的却无法继续运作的物品。法国的陨落仅仅是没有什么特征的碎片的洪流：不是这个使命，不是车，不是道路，也不是这个被称为油门的垃圾。

这样的惨败无疑是一种令人悲哀的景象。卑鄙的人展示着自己的卑鄙，抢劫的人公然宣称自己在抢劫，各种机构都倒下了，部队里装满了四溢的恶心腐烂的荒谬。所有的这些影响都是失败的产品，就像腹股沟淋巴结炎是瘟疫的产品一样。但是如果你心爱的女人被一辆卡车撞坏了，你还会嫌弃她的丑陋吗？

失败的不公正在于它让受害者看起来像是罪人。失败怎么体现出决定成败的上帝没有考虑到的那些牺牲，那些严肃完成的使命，那些自我的戒律和警觉呢？失败怎么展现出爱？失败只能给我们失去权力的领导者和以群体数目粗略估计的人。是的，已经有很多失败了。然而失败又意味着什么呢？改变了人们，把他们团结在一起的共同的希望，就是有关苏联或美国干预政策变化的传闻。每一个这样的传闻都起到了净化的作用，像来自大海的风的气息。不要被它的惨败影响，以此来判断法国。

法国必须由它自愿接受的牺牲来判断。法国以对逻辑的蔑视承担起了这场战争。逻辑学家告诉我们："德国人有8000万。我们不能在一年内制造出我们需要的额外的4000万法国人。我们不能把我们的玉米地都变成煤田。我们不能期望美国的援助。当德国人宣称拥有但泽，为什么这会对我们造成责任的压力，不直接去救但泽——这是不可能的——却以自杀来挽回我们的荣誉？拥有一块产玉米比产机器更多的土地，或者排名第二而不是第一有什么好羞耻的？为什么是我们而不是世界上其他国家来承受羞耻的压力？”他们是对的。战争对我们而言就是一场灾难。但是法国为了避免失败，应该拒绝开战吗？我不这样认为。法国也是本能地拥有了同样的想法，因为这样的警告没有使它回避这场战争。我们的精神战胜了我们的智慧。

生活总是打破既有的公式规程，战败可能是唯一通往新生的道路，不管它多么丑陋。为了使一棵大树生长，我知道总会有种子腐烂消亡。如果第一次抵抗行动得太晚，它总是会失败的，但那至少是抵抗意识的觉醒，会有一棵大树从中生长。

法国扮演了它应有的角色。从世界选择了作为仲裁者而不是合作者或对抗者开始，它的角色就是奉献出自己交给敌人粉碎，并眼睁睁看着自己埋葬在沉默里。一旦发起攻击，必须有人冲上前线，哪怕几乎都是死，但是进攻不停，死亡不止。

这个角色强加在我们身上，我们同意了，没有幻想，以一敌三，以农民对抗工人的姿态驰骋沙场！我不会接受建立于战败后丑恶场景的评判！一个死在漫天的火焰中的男人是否愿意接受通过他皮肤的烧伤产生的判断？他那时也是很丑陋的。

第十八章

这场战争虽然在精神理解上是必须的，但它在现实中依然表现成一场虚假的战争。我不曾羞于这样措辞。由于我们没有条件进攻，所以从我们宣告开战的那一刻起我们就在等待敌人将我们消灭！

现在一切都结束了。

我们用没用的玉米棒子与他们的坦克对抗，时至今日这种消灭已经达到顶峰，我们已没有了军队，也没有了预备役，通信尽断，军备全失。

而现在我以一种雷打不动的严肃态度飞行着，用每小时500英里和每分钟3530转的速度朝德国军队俯冲下去。为什么？我知道了！去恐吓他们！让他们退出我们的领地！由于我们所搜集的情报是没有意义的，这个任务可能没有其他目的。

一场虚假的战争。

我铺设得有点过多了。事实上我已经使高度降低了不少，控制面板和操纵杆都已经解冻了。现在我的飞行高度和速度都是正常的，以仅仅每小时330英里的速度、每分钟2200转直奔德国军队。这是一个耻辱。他们受到的惊吓要少得多了。

将这场战争定义为“虚假”，责任在于我们。我们有权利这样开玩笑，只要我们高兴，因为我们承担了全部的牺牲。我有权利对我自己的死亡开玩笑，只要笑话能使我快乐。约赛特也是这样。我有体味这些反常现象的权利。为什么那些村庄还在燃烧？为什么所有人都被大规模地抛到街上？为什么我们都怀着不可动摇的信念朝着屠宰场进发？

因为此时此刻我清楚地知道我在做什么，所以我拥有这世界上所有的权利。我接受死亡，不是危险，不是战斗，而是死亡。我发现了一个伟大的真理，战争不是要你接纳危险，也不是要你接纳战斗，它是要战士们在特定的时刻接纳最纯粹最简单的死亡。

而在这几天，当国外的舆论已经开始评判我们的牺牲还不够的时候，当我看着机组人员飞向毁灭的时候，我一直在扪心自问："我们都是为了什么原因仍旧奉献着自己，值得吗？"

是因为我们都要死了吧。15万法国人已经在两个星期内死去，这些死亡并不能预示着我们非凡的抵抗，我也并不打算为我们的抵抗歌功颂德，这是不现实的。但是仍然有步兵在毫无抵抗之力的农舍里面被射成碎片，仍然有飞行中队像蜡投入大火中似的融化。

那我们这些2/33侦察中队的人为什么还会同意送死？为了受到世界的尊重吗？但是尊重就意味着评判的存在，我们中有谁会赋予任何一个人评判的权利？我们在一项普遍的事业的名义下苦苦挣扎，不管是对法国还是对整个世界而言，自由正是牵扯其中的关键：根据我们的判断，仲裁者的位置太舒服了。我们，2/33的所有人，都要对评判我们的人进行评判。当我们一言不发地飞往天空，三个人里面只有一个人有机会返回（当任务很简单的时候），不要让任何人告诉我，也不要告诉其他中队的任何人，也不要告诉那位容貌已被弹片毁去，注定不会再让女人心跳加速，好像身处监狱般被剥夺了全部基本权利的朋友，他把脸隐藏在墙内，在丑陋的壁垒后面塑造他的美德——不要让任何人对我们说我们正在被监视和评判！斗牛士才会为了观众而活，但我们不是斗牛士。如果奥赛德被告知：“你必须起飞，因为有人看着你。”奥赛德会回答：“错了。是我奥赛德，正在看着别人。”

所以我们究竟为什么战斗？为了民主？假如我们为了民主而牺牲，那我们就是在声援民主人士。那就让他们和我们并肩战斗啊！可是，这种本可以拯救我们的强大的力量，拒绝承担它的责任。好吧，那是它的权利，但这样就标志着我们是为了自己的利益在战斗了。现在我们都知道一切已经失去，那我们为什么还要去送死？

因为绝望？但是这里并没有什么绝望！如果你期待在失败中找到绝望，那你根本一点儿也不了解失败。

有一个真理超越了智者的言论，它穿透我们并指引我们，我能感觉到它但是无法掌握它。树是没有语言的，我们的本质就是那棵树，有一些事实虽然超越了语言的存在，它们依旧是不证自明的。我不会为了反抗侵略去送死，因为这里已经没有家园供给我和我爱的人们驻防。我也不会为了保存我的名誉去送死，因为我拒绝让我的名誉接受审判：我要挑战那些坐在审判席上的人，因此更加不会为了绝望去死。我能感觉到约赛特正在看着地图计算着阿拉斯就在下方1-70-5标志的某个地方，他将会在30秒内告诉我说："1-70-5，上尉。"

那时我应该就会同意。

第十九章

"1–70–2。"

"是的，1–70–2。"

1–70–2已经足够接近了，墓志铭上写着："航向极准确地稳定在1–70–2。"这光怪陆离的挑战还要持续多久？我在2400英尺高度飞行，头顶着一大片乌云。如果我再升高几百英尺，不用再多，约赛特就看不清了。我们没有办法，只能让自己看起来更显眼，给德国人提供小学生的枪靶子。2200英尺是被禁止的高度：在那里你将成为全部平原的关注焦点，并且享受整个军队的集中火力。你在每一种口径的枪炮范围之内，你将永恒地悬挂在每一件武器的火力网之中。这不是射击，这是拿着棍棒殴打，仿佛一个核桃挑战1000根树枝看它们能不能把它挑落。

我已经思考一个问题很久了：降落伞存在问题。当毁坏的飞机掉落时，飞机逃生舱口的开放时间会超过下降允许的时间。我开舱需要转上七圈手柄，更重要的是，舱门在飞机高速行进时会扭曲且滑不动。

就是这么回事。某一天你总会自食其果！整个仪式并不复杂：保持1–70–2。我真不应该长大，但事已至此了。我的童年过得多么快活啊，虽然这样说，但这是真的吗？在那个大厅里，我已经因为我的两个叔叔待在1–70–2了。

这时童年却变得尤为甜蜜，不仅仅是童年，我过去所有的人生都是如此甜蜜。我通过透视镜看这一切，像是看着一幅山河图。

而现在看来我是完整而饱满的，我正在经历的事情好像一直为我所知，我的欢乐和忧伤毫无疑问已经改变了对象，但那种感觉还一如当初。那时开心与否和现在一样，被惩罚还是被原谅，好工人还是烂工人，都交付岁月考量……

我最早的记忆？我曾有个叫作宝拉的家庭女教师，来自奥地利蒂罗尔。这甚至不能算是记忆，只能说是记忆中的记忆。在我五岁闯进大厅那年，宝拉就已经是个神话了，每年的新年妈妈都会告诉我们："宝拉来信啦！"于是所有的小孩子都十分欢欣。为什么这般欢欣？我们中还有一个人记得宝拉，她已经回到了蒂罗尔自己的屋子，一种建在雪地里的山间小木屋，阳光明媚，而宝拉就站在门廊那里，和所有的山间小木屋待在一起。

"宝拉漂亮吗？"

"非常漂亮。"

"蒂罗尔的阳光很明媚吗？"

"一直温暖明媚。"

蒂罗尔的阳光总是很好，小木屋会把宝拉远远推向满是雪的草地。在我学会了写字以后，他们要我给宝拉写封信："最亲爱的宝拉，我非常高兴给你写下这封信……"鉴于我并不了解她，写信仿佛是写下了我的祈愿……

"1-70-4。"

"已经1-70-4了。"

已经1-70-4了，墓志铭也该改改了。这种突然把生命整合在一起的感觉很奇怪，我打包了现在看来不管是对我还是对别人都永远不会有意义的记忆，我想起了很多很多的爱。我妈妈过去总是说："宝拉亲吻你们所有人……"然后她真的会替宝拉亲吻我们所有人。

"宝拉知道我长大了吗？"

"她当然知道。"

宝拉什么都知道。

"上尉，他们在朝我们开火！"

宝拉，他们在朝我们开火啊！我瞥了眼高度表：2100英尺。云跑到了2300英尺左右的地方。对此我无能为力，但在我的那片云下面，世界并没有变成我想象中的黯然失色的模样，世界是蓝色的，奇迹般的蓝色。在这黄昏时分，所有的平原都变成了蓝色，到处都下着雨，透出雨洗过的碧蓝。

"1-60-8。"

"是的，1-60-8。"

确认1-60-8。通往永恒的路途充满了曲折坎坷……但它看起来是一条多么令人心神宁静的小路啊！前一秒钟它还像图纸一样单调乏味，现在我低空飞行，一种亲切感油然而生。孤零零的树，成群结队的树，排列在下面，遇到了我们。绿色的大地，红顶的房屋，还有不知什么人站在门外。蓝色的细雨洗涤着一切，这样的天气里宝拉一定会乐意把我们迎进屋里……

"1-70-5。"

我的墓志铭已经粗糙得没有一点高尚神圣可言了："保持航向在1–70–2，1–70–4，1–60–8，1–70–5……"这让我显得摇摆不定。现在呢，我的引擎在嘶吼，它在冷却，因此我关上了引擎盖的通风口。好吧，是时候开启备用水箱了，我拉起了舵杆。一切都就绪了？我瞅一眼油压表，正常。

"事情有点棘手啊，上尉……"

你能听到吗，宝拉？事情开始变得棘手了，而我仍旧控制不住地为这夜晚的蓝色感到惊异。太美好了！这颜色是如此之深，那些果树，可能是李子，从我身下过去。我与山河融为一体，而不再隔着各种玻璃展柜！我是等待时机的贼，翻过围墙，大步迈过湿苜蓿去偷李子。宝拉，这战争真有趣，满目的碧蓝，忧郁至极。我在我的小径上漫游了一小会儿，长大了之后我发现这是个陌生的国度……哦，不，我不是害怕，只是有点伤感罢了。

"Z形，上尉！"

宝拉，我们要玩一种新的游戏了！一会儿向左，一会儿向右，我们愚弄着炮手。我过去常常在跌倒的时候伤着自己，我敢肯定，你用浸了山金车花汁的纱布治疗过我的瘀伤。我马上就会需要很多很多山金车花了。不过，我仍然希望你能看到——这神奇的碧蓝夜晚！

"上尉，炮火猛烈，快掉头！"

一个大的转弯。

"哦，不，事情变得更糟了……"

或许吧……

事情更糟糕了，但是我安稳地待在事物的内部，带着我所有的回忆、支撑和爱。我的童年像树根一样消失在黑暗里，我的生活始于一段记忆的伤感中……事情是越来越糟了，但我承认我在面对那些流星的爪子的时候内心并没有什么期待的感觉。

我置身于一个触动我内心的国度。一天结束了，大广场的地砖灯都已关闭，从我左侧穿过的狂风之间有几大块霞光，构成大教堂玻璃窗户的模样。我几乎可以伸手触摸生活中一切美好的事物，它们是如此接近。这些李子树和它们的李子。土地与土地的气味。走在潮湿路面上的感觉一定棒极了。我走得异常温柔，宝拉，你看，我像干草拖车一样左右摇摆。你可能觉得飞机飞得很快……当然很快啦，如果你一直想着它！一旦你忘了这个大机器，只是这样看着，就会像走在乡间的小路上一样……

"阿拉斯……"

是的，阿拉斯还在前面很远的地方，不过阿拉斯不是一个镇子，它只是夜晚蓝色背景下发光的导火线。我们要对抗风暴。一场强烈的倾盆大雨无疑正在港口和我们前方聚集，这半黑暗状态与黄昏无关，只有稠密层叠的云可以透出这样暗淡的光……

被称作阿拉斯的火势大了，但这不是火灾的火焰，它像一个溃疡，带着一窄圈活生生的肉。那红色的导火线，仿佛注入了永久的燃料，像一盏灯安静沉闷地燃烧着。这火焰并没有紧张地跳跃或闪烁，储存的油确保了它的持久性。我能感觉到，它是由密集到近乎沉重的物质塑造而成的，风混合着它好比是搅弄着一棵弯曲的树。所以，这是一棵树。这棵树已经将阿拉斯困在它的树根的网络之中。阿拉斯所有的精髓、所有的资源、所有的宝物都正在转化成汁液以滋养这棵树。

我看到火焰向左右吐出了数倍于其重量的黑雾，才能恢复平衡。但我还是不能分辨出小镇，整个战争都包含在这微弱的光芒中。约赛特说事情变糟了，他那儿向前的位置视野比我这儿更好。但我仍然惊讶于他此刻似乎多余的宽容；有毒的平原上几颗星星被投掷在了我们的前方。

是的，不过……

你还记得吗，宝拉，童话中的骑士是如何通过可怕的考验，到达了神秘迷人的城堡。他翻越冰川，横跨悬崖，挫败奸诈的对手，最后城堡出现在他眼前，坐落在绿色的平原上，这平原软得像马蹄子底下的草坪。已经胜利了，他想……哦，宝拉！你骗不了一个熟悉童话的读者，最坏的还是要来的……

我仿佛童话里的骑士在这碧蓝的夜里冲向燃烧着的城堡，就像昔日里的时光……你离开太早以至于不清楚我们的游戏规则了，你错过了“艾克林先生”。这个游戏是我们发明的，因为我们总是看不上别人的游戏。我们会在狂风暴雨的日子玩它：当第一道闪电闪过，我们可以在积雨云即将爆发的瞬间感觉到万物的气味和树叶突然的颤抖。在那一刻，粗壮的树枝也变成了吱吱响、轻飘飘的青苔。这是一种信号……没什么能够将我们阻挡！

我们从院子最远的一端朝着房子匍匐前进，直到上气不接下气，第一滴雨总是单独地大滴落下，第一个摸到的孩子知道了失败的滋味。接着第二滴、第三滴，暴风雨来了。最后的幸存者将成为众神的最爱，刀枪不入的存在！他将有权在下次暴风雨来临之前拥有“艾克林先生”的称号。

每一次游戏，都会有很多孩子牺牲在几秒钟之内……

现在我在这里，仍旧玩着“艾克林先生”，慢慢地走向我的火焰城堡，上气不接下气……

不过一个声音打断了我：

“哦，上尉，我从来没有见过这样的场景……”

我也没有。我不再是刀枪不入的存在了。哦，我希望，我不知道……

第二十章

2300英尺，充斥着坦克的战场，以及阿拉斯的火焰……尽管如此，我还是充满希望——背水一战的希望。为了寻求一种坚不可摧的保护意识，我曾经一路回忆了我的童年。一旦你成为一个男人，你便成为一个独立的个体。但是在无所不能的宝拉面前，谁能够用双手重创一个小男孩呢？宝拉，你的影子让我的生存有了希望……

在书里我确实尽我所能地开了每一个玩笑。当约赛特说“事情在不停地变糟”，我将那个威胁本身当作一种希望的来源。我们一直处于战争中：一定有某些战争存在的证据。它来了，弱到仅有一丝光的模样。难道这就是整个阿拉斯有名的致命危险，别开玩笑了！

死囚都曾想象过执行死刑的应该是无血无泪的机器人，如果出现的却是一个体面的家伙，会打喷嚏甚至会笑，那么死囚会把他的微笑看作脱罪的暗示……但这只是他的幻觉。那名刽子手，就算是在打喷嚏的时候都可以砍下他的脑袋。可是又有谁能够重新带给他希望呢？在那里，我怎样才能不被这个欢迎的假象所蒙骗呢？那里迎接我的可是一个令人亲近的而又充满淳朴气息的世界啊！那里潮湿的石板和青瓦闪着柔和的光泽，一切事物保持着原样，似乎永恒即是如此。当约赛特、炮兵和我仅仅是三个在荒原上向着家乡前进的行者的时候，因为几乎不会下雨，我们甚至没有必要竖起我们的衣领。就德国路线的核心而言，没什么值得注意的事情到来。还有，没有充足的理由来解释为什么在别处战争就有所不同。似乎敌人已经被解散并且可能以一兵一房或一兵一树的比例融入壮丽的山河中；其中某人无时无刻不铭记着这场战争和开火的命令。那个命令承载了他的梦想。他三次开火，不带有任何信念。曾经在一个微风习习的傍晚，我也像这样猎鸭，毫不关心用什么方法。我扣动扳机，随口说着什么，那些鸭子一点儿也没有被打扰。

一个人在想看到的时候他就会看到。我进入了那个士兵的视线，但他没有信心瞄准我，而是打偏了。其他人准许我通行。在这个非常时刻，那些本来可以击中我们的人正愉悦地呼吸着傍晚的空气，点一支烟，准备结束一个幽默搞笑的故事——他们让我们通过了。其他被分配到村里驻扎的人可能正拿着饭盒准备打汤。一阵轰隆声此起彼伏。朋友还是敌人？他们没有时间去分辨，他们在盯着汤倒满整个饭盒。他们也让我们通过了。而我，把手插在口袋里，吹着口哨，试图让自己慢慢地散步，像被允许通过这个禁止漫步者经过的花园一样自然。但是这里的守卫一个挨着一个，睁一只眼闭一只眼。

我当然很想回家，但是冥冥之中我感觉到有什么事情会发生。你被定罪后将受到惩罚，而在监狱中你被要求保持沉默。你保持沉默，每一秒都和前一秒一样。没有明确的理由可以说明就要流逝的那一秒会改变这个世界。这个任务对于它来说太沉重。每一秒，一秒接着一秒，保持沉默。这沉默看上去已经成为永恒。

我的第一感觉是我太粗心了。我毁掉了所有东西。有时候，在平衡非常靠不住时，只需要一个手势或者使个眼色。一位登山家的咳嗽声就会引发一场雪崩。一旦雪崩发动了，一切都完了。

举国上下的杂技演员都参与了这场舞蹈。全国的杂技演员向我们轻轻弹出了好几万枚炮弹。在他们的飞机上没有射击角度，开始它们好像都静止不动，然而就像杂技中的那些彩色的球一样，杂技演员似乎是放开了球而不是猛地丢出去。球于是开始缓慢地向上升。我看到光的泪滴在一片沉默中向我飞过来。一切沉浸在一位杂技演员的表演中。

每一架机枪或者速射炮开火都会射出上百的炮弹或者荧光弹，一个接一个飞到天空就像一大串念珠一样，上千颗轻盈的念珠朝我们飞过来，一直延伸到爆炸点，然后，在我们头顶爆炸。

朝旁边看去，那些已经掠过我们的炮弹实际上以一种不稳定的速度沿切线方向移动。泪珠迅速成为闪电，并且我发现自己被淹没在一片耀眼的麦秆色的弹道堆中。我处在长矛密林的中央，被针一样的涡流所威胁。整片平原让我置于它的网下，而且是在我周围用金线编织的一张发光的网。

然而当我低头看向大地时，我又一次看到那些闪亮的泡泡，随着薄纱般的迷雾缓缓上升。我看到慢慢打着旋儿的种子飞到空中就像谷物脱下的壳。但是目之所及，我只能看到安置着标枪的滑轮。枪战？怎么可能！我一直都在被冷兵器攻击。我只能分辨出光影中的剑！我感觉……不，不是危险的感觉！我陷在这种乐趣中晕头转向，无法自拔。

我坐在凳子上把一只脚晃来晃去。一根大木槌撞到了飞机。于是飞机裂开了，被撞成一堆碎片……不……不要……我仍然可以感觉到它对控制系统的影响力。这仅仅是即将到来的上千个攻击中的第一个，但是没有任何爆炸的迹象出现。炮弹爆炸的烟一定是和黑暗的大陆融为一体了：我抬起头向上看，眼前的景象看不到一丝生机。

第二十一章

一直低头盯着地面，我都没有注意到我和云之间的空间变得越发空旷了。跟踪弹已向天空倾洒下小麦色的光芒：我怎么知道炮弹会在它们轨迹的高峰用这样的方法破开这黑暗的碎屑，就好像在锤打钉子？我现在发现它已经聚集成令人眩晕的金字塔形状，被我带领着以一种浮冰的形态缓慢漂移着。用这样的看法去观察事物，我觉得我不曾移动。

我清楚地知道，这些结构在其形成的瞬间已经用光了所有的力量。这些弹片在百分之一秒里行使着它们的生杀大权。但我意识不到它们就在我身边，下个瞬间，它们的出现让我感觉到脖子后面承载着的巨大的谴责。

这一系列沉闷的爆炸声音被我的引擎轰鸣声笼罩，给了我不同寻常的沉默的错觉——我并没有在经历什么。等待的空虚现在充满了我的内心深处，仿佛人在踌躇不决的时候。

我想……我在想，即使是这样：“它们瞄得太高。”我转过头去看它们不情愿地在我身后旋开，像一群老鹰放弃猎物一样放弃了我。然而希望并没有在这里发生。

看似错过了我们的枪炮正在调整自己的视域，新一轮爆炸的火力墙正在我们的位置搭建。几秒钟内火力源就能够搭建一座弹片的金字塔，然后抛弃消失的它建立另一座，地面上的武器没有追寻我们：它们在瓮中捉鳖。

"还有多远，约赛特？"

"如果我们还能坚持三分钟就可以搞定……不过……"

"或许我们能够坚持住……"

"没可能。"

这种灰黑色的空气是险恶的，这种黑暗是被坏人丢弃的旧破布。平原是蓝色的，浩瀚的蓝，深海般的蓝……

我还有希望活多久呢？10秒钟？20秒钟？爆炸的冲击不断地击打着我，最近的冲击像是石头落进马车一样摇晃着飞机，发出近乎音乐的声响，一种奇怪的叹息……这些都是没有击中的。就像一场狂风暴雨，离得越近，越简单粗暴。有些影响是不起眼的，一阵爆炸的弹片让我们伤痕累累。野兽不靠击倒牛来扑杀它，而会在复杂的平衡体系中稳稳地将爪子嵌入肉里。它的利爪掌控了牛。这些直接的命中以相同的方式简单地把弹片植入飞机，好像它们本来就肌肉壮硕似的。

"你受伤了吗？"

"没有。"

"喂，炮兵！你没受伤吧？"

"没有。"

这些影像应该被记录下来，但它们不算真正的关键，它们就像手指敲击着树皮或是鼓膜。它们虽不会刺破我们的油箱，也可以撕开我们的肚子，但肚子本身也仅仅是一面鼓而已。谁还关心什么身体？这不是关键……但这多么非同凡响啊！

这几句我不得不说的有关身体的话是显而易见的，但在日常生活中我们常常忽视了紧急情况中显露出来的朴实的道理，总是需要密密匝匝的曳光弹、如林的来袭的长矛，以及为了这最后的审判召集的法庭，然后我们才能理解。

我穿上军衣那时就在想：“一个人在他最后的时刻是什么样子的呢？”生活总是欺骗我脑海中的幻想，但这次我不得不经受这严酷的考验，裸露着承受这像下雨一般压在我身上的残酷无情的打击，连一个弯曲着保护我的脸的手肘都腾不出来。

在我的想象里，这种磨难一直是折磨我肉体的磨难，只能靠我的肉体来忍受。然而难以避免的是，我接纳了自己身体的看法。我们发现身体是如此擅长吸收痛苦！我们装扮它，清洗它，爱护它，为它刮毛，为它进食。我们被这驯养的动物界定了身份，带它去找裁缝，看医生，做手术。我们同它一起忍受折磨，一起号啕大哭，一起去爱，对它说：“这就是我。”而现在，突然之间这个幻想被碾作尘埃，我们可以毫不关心自己的身体！它被降级为家仆，让曾经的愤怒激烈成长，让爱变得得意扬扬，让仇恨生根发芽，而本来应有的身份的界定也在此刻瓦解。

你的儿子被困在了一栋燃烧的大厦里，你会去救他，没有什么能够阻挡你！你会被烧伤，可是那又怎样呢？你可以典当自己一身的皮肉，宣称任何人都可以拥有它们。你发现那些曾经对你很重要的东西已经和你没有了关系。面对一个障碍，你会舍弃你的肩膀去撞击！你因为你的行动而存在，你的行动才是你本身，你的身体本来是你的，但是现在它不再等同于你了。如果你将要施行一次打击，没有任何关于你的身体的威胁可以阻止你，因为你要置敌人于死地，你要救儿子出险。你拿自己去交换，在交易中没有失落感。我们的四肢？工具而已。难道你会关心砍石头时损坏的工具？你为了你的敌人，为了你的儿子，为了治疗你的病人，或者作为发明家为了新的发现交易着自己。我们中队有位飞行员身受重伤，对他的表彰讲："他对他的侦察兵说：'我已经受够了。快出去！保护文件！'"唯一重要的事情是文件的安全，是孩子的安全，是对手的死亡，是新的发现！你的重要性对你来说是盲目的，你的责任，你的仇恨，你的爱，你的信念，你的发明已经取而代之。现在，你的心中没有别的存在。

火焰剥夺的不仅是肉体，还有对肉体的崇拜。人停止了对自己身体的关注。他现在唯一的当务之急就是他的实质。假如他死了，他不是从中分离自己，而是与之合并。他并没有失去自己，只是发现了自己。这不是一个道德家的愿景，不过是老生常谈的道理，被每天幻想的坚不可摧的面具掩盖着，日常可见的真理罢了。当我在穿军衣和为我的身体感到害怕的时候，我怎么能预见到那是心乱了才徒生的庸扰？只有当我们必须放弃我们的身体的那一刻，我们所有人才会惊奇地发现，我们和自己的身体是多么缺少联系。然而事实上，在我这一生中，当没有什么紧迫的事情推动我的时候，当我的重要性没有处在危急关头的时候，我还没有设想过任何比我的身体更严重的问题。

哦，身体，我一点儿都不在乎你！我从你里面剥离出来，我的希望泯灭了，但我什么都不缺！我驳斥这一秒之前所有的一切，那并不是我所思考或者经历的事情，那只是我的身体而已，我曾不得不想尽办法把它拖到此时此刻，但是现在我才发现它完全无关紧要。

15岁的时候我收获了人生中的第一堂课：总有一天，弟弟会离我而去。某天凌晨4点，他的护士把我叫醒：

“你弟弟在找你。”

“他不行了？”

她没有回答。我快速穿衣朝弟弟的屋子走去。

他用正常的声音跟我说：

“我想在死之前跟你说会儿话。我要死了。”

一阵痛苦的痉挛让他缩紧了身体，他不能再继续下去，但他做出好像在说“不”的手势。我并不理解这个手势，我只是觉得这是一个孩子面对死亡应有的反应。当他再次镇定下来之后，他解释道：

“别害怕……我没有在忍耐折磨。我不痛苦。我只是忍不住。这是我的身体。”

他的身体，一片外面的领地，已经不再是他自己的了。

但他仍想和我认真地谈一谈，这个将会在20分钟内投降于死亡的小弟弟，迫切地希望在他身后留下一些东西。“我的遗嘱……”他说着，红了脸颊。他显然很骄傲于能够表现得像个男人一样。如果他是塔楼建筑师他大概会把他的塔楼建设托付给我，如果他是一位父亲他大概会把他儿子们的教育托付给我，如果他是战斗机飞行员他大概会把他的飞行资料托付给我，但他只是一个孩子，于是他把一架蒸汽机、一辆自行车和一把来复枪托付给了我。

没有人死。你以为自己害怕死亡，其实你只是害怕未知，害怕爆炸，害怕你自己。死亡？不，当你真正和它面对面时，死亡是不存在的。我弟弟嘱咐我："别忘了把它都写下来……"当肢体破碎时，本质显现，人不过是人际关系的节点。唯有关系对人才是至关重要的。

身体像旧房子一样开始垮塌，谁会想到自己正在死去呢？我从来没有遇到过这样的人……

"上尉？"

"怎么了？"

"这简直不可思议！"

"炮兵……"

"呃……是的……"

"什么……"

一个大爆炸轰走了我的问题。

"约赛特！"

"……尉？"

"你中弹了吗？"

"没有。"

"炮兵……"

"嗯？"

"你……"

我好像直直飞入了铜墙铁壁之中，我听见一个声音说：

“天哪！”

我抬起头看着天，目测着和云的距离，我的视线越倾斜，越多的黑色碎屑似乎理所应当地层层相叠。从垂直角度来看，它们似乎不那么密集，因此我感觉我们的额头上面仿佛搁上了一个巨大的黑色百合花王冠。

大腿的肌肉真是威力惊人，它突然让我冲向舵杆就像要在墙上凿穿一个洞似的，于是飞机开始侧着俯冲，飞机震颤着，裂开的王冠溜向了右边，我已经把王冠抛在脑后，让地面的炮阵吃了一惊，它们现在正朝着我的右侧进行无用的攻击。不过在我甚至要开始用另一条大腿掉转方向之前，王冠已经再一次位于我之上，被地面上的那些炮阵重新摆正了方向。随着暴力的呻吟声，飞机再次坠入“泥潭”，我用我身体的全部重量再次压上舵杆，并且一下将飞机掉转方向，或者更准确地说是一把打滑到反方向（去他的标准转向！）。王冠倾斜到了左面。

这还能继续吗？这游戏继续不下去了吧！我的转向好比是一个巨人的转身，然而铺天盖地的炮火再一次在我眼前出现，王冠得以恢复，肚子也感到震荡。如果我往下看我将重新看到那些泡泡紧紧围绕着我，以及它们正令人目不暇接地缓慢地上升。我们依然是完整的：这简直不可想象。可是我还在这里，无懈可击。我感觉到了胜利！每一秒流逝的时间都是我的胜利！

“你被击中了吗？”

“没有……”

他们都没有被击中，他们坚不可摧，他们都是胜利者，而我是一群进攻者的主人……

现在每次炮击都不再使我们恐惧，反而使我们更坚强了。每个十分之一秒我脑海中都能浮现出我的飞机被炸成碎片的画面。但我的头脑依然响应我的控制，我可以像用缰绳拉拽一匹马儿一样使它兴奋然后放松，内心充满了安静的喜悦。除了应对巨响产生的生理上的神经收缩之外，我没有时间感到恐惧，只发出一声解脱的叹息。理论上我应该在察觉到冲击的震颤时产生恐惧，然后再放松！没有这个时间，我察觉到震颤后直接放松了。震颤，放松，有一步被遗漏了：恐惧。于是接下来这一秒开始我不再活在对死亡的期盼里，而是活在于上一秒幸存下来的重生里。我活在蒸气一般的喜悦之中，在这喜悦的路上，接连不断的意外惊喜降临在我身上，这是因为我的生命仿佛每秒钟都在赋予我新生。仿佛每过一秒，我就更加强烈地感受到生命的存在。我还活着，我还在活着，我依然还活着，我依然还在活着。我活在源源不断的生命中，活着，这种令人陶醉的感觉抓紧了我，人们说“战争令人陶醉……”，说的是活着的感觉啊！嘿，下面这些炮兵知道他们在重塑我们吗？

润滑油箱，汽油箱，全都被击穿了。约赛特刚才说：“结束了。爬升！”我再一次目测着与云的距离，鼻子朝上，我把飞机推向左边，然后向右倒飞，瞥一眼下面这永生难忘的场景，整个平原噼里啪啦的全是不发光的引线，大概是速射炮。球状烟雾仍在广袤的蓝色水池里缓缓上升着。火焰把阿拉斯灼烧得像是铁砧上的煤炭一般暗红，这火焰舒舒服服地燃尽了一切，这是将人的汗水、人的创造、人的艺术、人的回忆和遗产绑在一起燃烧升空，再化为灰烬消失在风里的火焰。

我已经接触到了第一层雾霾，周围的金色弓箭穿透云层仍在上升，在通过云层完全包围住我们之前的这段距离时，我看到了最后的景象，就那么一瞬间我看见阿拉斯的火焰像是教堂中的油灯一样点亮了整个夜晚。它为了信仰服务，只不过代价高昂，明天它就会把一切耗尽，结束燃烧。像是带着证言一般，我带走了阿拉斯的火焰。

“一切都好吗，约赛特？”

“都好，上尉。航向2–40。我们将在20分钟后驶出这片云，然后沿着塞纳河的方位前进……”

“你呢，炮兵？”

“呃……是的……上尉……我还好。”

“对你来讲不算太艰难吧，嗯？”

“呃……不算……也不是。”

他不是很确定，他现在很高兴。我想起了盖瓦拉的炮兵，有一个晚上在莱茵河边，80盏探照灯锁定了盖瓦拉，它们在他周围建起了一座庞大的长方形大堂，然后加入了枪炮武器的攻击。这时候盖瓦拉听到他的炮兵充满自信、非常轻声地对他说（内部通话系统不安全）：“没事，老伙计……你要在百姓的街道上走好远才能找到这个……”那炮兵显然很高兴。

我的呼吸缓了下来，我狠狠地将空气灌满我的肺部，能够再次呼吸的感觉真好，我应该对很多事情都有了不一样的理解……

但我第一个想到的是艾利斯，不，我第一个想到的是我的农夫，现在我可以质问他仪表的数量了……哈！你以为我把那些排着队的考虑都忘光了吗？103个，燃油表、油压表……最好把那些中了弹的箱子都检查一遍，我来检查，橡皮罩完成了它的使命，真是非常完美的工具！我看了一眼陀螺仪：这片云实在不宜久留，是片积雨云，它让我们晃了一晃。

“现在有机会降下去了吗？”

“十分钟……最好再等十分钟……”

好吧，我再等十分钟，对，我在想艾利斯。他怀有多少期待能够再见到我们？那一天我们迟到了半小时，半小时通常意味着有麻烦了……我冲过去和全中队一起用餐，推开门跌坐在旁边的椅子上，那时少校正举着叉子，把一口面条往嘴里送。他惊讶地停下来，张开嘴盯着我，面条就这样一动不动地举着。

“哦……好吧……很高兴见到你！”

然后他放下了面条。

我们的指挥官有一个非常严重的缺点，在我看来，他会坚持询问飞行员在任务中学习到的东西，他会审问我，他会盯着我，用他亲切的耐性等着我表述那些最基本的事实，他会用一沓纸和一支水笔来武装自己，以防错过一丁点儿万金油。这让我想起年轻的时候：

“考生圣埃克絮佩里，请问你怎么求伯努利定理？”

“啊……呃……”

伯努利……伯努利……你待在那儿，一动不动，就像是被大头针穿过身体的虫子一样被那种目光钉在原地。

从任务中学到什么是约赛特的事，他直接朝下面看，看到了数不清的东西：卡车、驳船、坦克、士兵、大枪、马匹、站台、站台里的火车、站台负责人。我从很多不同的角度观察了这个世界，我看到云朵、海洋、河流、山峰，还有太阳，我的观察是全方位的，得到的印象是总体的。

“长官，你和我一样清楚飞行员……”

“噢，得了吧！你总会看到什么不一样的东西。”

“好吧，我……啊！火焰，我看到了火焰，这个算不一样的东西吗？”

“不算，所有地方都在着火，还有吗？”

为什么艾利斯这么残忍？

第二十二章

他这次会质问我吗？

如果，这次任务我带回来的东西没法记录在官方的报表中，我的内心会变得一片空白，像一个学童站在黑板前一样。我看起来会非常郁闷，但我又不能不开心。当第一发子弹从眼前闪过时，不快已经消散。如果我第二次过早地掉转了方向，我会失去这种方式来了解自己。

我根本不会知道在我内心深处激起的这种美妙的情感。我正回到那些我爱的人身边，回到我的家。我感觉就像一个家庭主妇购完物后走在回家的路上，她的思绪全放在如何做出美味佳肴来取悦家人上。她左右摇晃着她的菜篮，不时掀起盖在她的战利品上的报纸：是的，全在这儿，没有什么遗漏。她很惊喜于它们在商店里都有。她现在轻松地走着，扫视沿途橱窗里的商品。

我会非常开心地看着那些橱窗，如果约赛特没有坚持让我待在这灰白色的牢房中。我会看沿途的这些村庄。但是，回到现实，我必须保持耐心：眼前的这些有毒的风景充斥着阴谋。那些带着草坪和许多树木的乡下小庄园，对于天真的小女孩来讲每一个都像是朴实的珠宝盒，现在也不过是战争的陷阱而已。一次低空飞行，你得到的不会是友好的挥手，而是无数的炮弹。

即使被云雾包围着，我也走在了从市场回家的路上，少校的声音响起："去第一条街街角右边买点火柴……"我的意识得以休憩，因为我的兜里有火柴，更准确地说，我的副官约赛特的口袋里有火柴。他到底如何记住所有他见过的事？那是他的事。我只会关心严肃的事情。当我们降落后，如果我们可以从机场的混乱中脱身，我会去挑战拉科代尔的象棋。我会击败他，他讨厌失败，我也是。但是我一定会赢。

昨天拉科代尔喝醉了一点点，但总之我不希望让他丢脸。他一直以喝酒来慰藉自己，甚至完全忘记在降落时放下起落架，他的机腹直接着地。艾利斯不幸地看到了这一幕，他忧伤地看着那飞机，但是一句话也没有说。我理解拉科代尔，一位经验老到的飞行员，正等着艾利斯的责怪，期盼着艾利斯的责怪，一次严厉强烈的谴责会让他好受一点，一场怒火的爆发也会引爆他内心的压抑，他的回应准许他释放出内心狂躁的压力。可是艾利斯只是凝视着飞机摇了摇头，对拉科代尔根本没有想法。对少校来说，这次事故不过是又一次的不幸，一种向他征收的统计税，一种愚蠢的缺心眼折磨着哪怕资历最老的飞行员，而拉科代尔正好不公平地遭受了此劫。除开这次失误，拉科代尔的专业记录完美无瑕，这就是艾利斯仅仅关注受害的情况，用可以想象得到的最理性的方式询问拉科代尔本人关于损伤的意见的原因。我可以体会到拉科代尔压抑的狂躁像泄了气的皮球，就好像你友好地拍拍施虐者的肩膀对他说："你那可怜的受害人……他一定很痛苦吧，嗯？"人的心脏的搏动是深不可测的。那饱含深情的手，呼吁着人类的同情心，彻底激怒了施虐者。他阴沉地盯着受害人，为他竟然没有结束受害人的性命感到遗憾。

现在我要回家了，2/33侦察中队就是我的家，我能够理解这些和我分享同一个家的人，我不可能误判拉科代尔，拉科代尔也不可能误判我，我能感觉到这种普遍的认同感，不证自明的真理存在于：“我们是2/33的男子汉！”只是这些话语就足以将松散的碎片团结在一起了……

我想念盖瓦拉和奥赛德，我能感觉到集体团结着我、盖瓦拉和奥赛德。我发现自己想了解盖瓦拉：哪里是他的根？那里应当有他灿烂朴实的本质。温暖的记忆回到了我的脑海，突然间香味充盈我的心间，那时我们驻扎在奥康地，盖瓦拉像我一样也住在一户农家。

有一天他对我说：

“农夫的老婆杀了一只猪，邀请我们去吃血肠。”

希伯来、盖瓦拉和我三个人用力咀嚼着烤得噼啪响的美味血肠，农夫的妻子还给我们开了一瓶当地的白葡萄酒。盖瓦拉对我说：“我已经给她买了这个作为礼物，你签个名吧。”是我的一本书，我没有感到尴尬，愉快地签好了，希望给她带去快乐。希伯来在填塞他的雪茄，盖瓦拉抓着大腿，农妇能够收到由作者亲自签名的书显得很高兴。黑布丁香味在空气中弥漫，当地的白葡萄酒让我有点醉了，一切都这么安静有序，尽管这本书刻画的所有一切我都觉得有点傻气。我不觉得自己是局外人。对于那本书，我既不是作者也不是读者，我不是从外面的世界来的。希伯来看我签字的眼神很友善，盖瓦拉大大咧咧地挠着他的腿，我对他们产生了难以言喻的感激之情。那本书似乎赋予了我超脱此外的见证者的身份，但也因为它，我看起来并不像一个知识分子或者见证者。我只是他们当中的一员。

超脱的见证者这个身份总是让我讨厌，假如我不是一名参与者，那我会是什么？我必须为了参与而参与，我的养料就是我战友们的品质，这品质竟然被它本身所忽视，因为它压根就不关心自己，这并不是一种谦逊。盖瓦拉从来不检视自己，希伯来也是，他们是用自己的工作、自己的手艺、自己的职责联系在一起的网络。伴着这热气腾腾的血肠，他们强烈的存在感使我沉醉。我可以保持沉默，我可以喝我的白葡萄酒，我可以在签名时依然保持着我们之间的这种联系，没有什么会破坏这样的同伴情谊。

这里没有任何问题来贬低智慧产生的过程，也没有对意识的鼓吹。我很欣赏这样清澈的智慧。要是一个人失去了他的本质呢？本质就是我在盖瓦拉和希伯来身上找到的东西，我也在格莱美身上发现了它。

身为作家可能有这样的好处：比如说，我要是不喜欢在2/33的工作，我有自由在写作中获得释放，转变成另外一个角色。我拒绝任何这样近乎恐怖的优势，这将意味着自由并非如此，每一项义务的存在都会带来成长。

在法国，我们除了失却了本质的知识分子之外什么都不缺。盖瓦拉存在着，他的喜怒哀乐塑造了他。就在我坐在他对面吞食着脆香的烤血肠时，我也在吞食着把我们塑造成普通人的职业的义务。我热爱2/33侦察中队，不是作为一个发现了好作品的观众。去他的好作品。我热爱2/33只是因为我是它的一部分，因为它滋养了我而我也要尽责去滋养它。

而现在，从阿拉斯回来，我已经不仅仅是中队的一部分了，我们又有了其他纽带，我在内心强化了那在沉默里被吞食掉的集体的感觉。也许希伯来和盖瓦拉经历了比我更大的危险，希伯来已经消失了，我原本也不能顺利从今天的空中漫步安全返回。这使我有权坐在他们的桌旁，与他们一同保持沉默。这种权利是用昂贵的代价换来的，但它也有珍贵的价值：它是“存在”的权利。这就是为什么给我的书签名时我不感觉尴尬——因为它不会带来任何损失。

但现在我在这里，为在此之前对艾利斯的质问感到难言这样的想法而脸红。我会为自己感到羞耻，我想他宁愿我没有脑子。如果说关于书的问题难不倒我，那是因为就算我写了一图书馆的书，它们也不能救我脱离现在正威胁着我的耻辱感。羞耻不是我玩的游戏，我不是苦心去迁就某个催人泪下的做法的怀疑论者，也不是度着假玩弄着乡下人的纨绔子弟。我已经飞过阿拉斯的天空再一次找到了关于信念的证明，我用肉体去赌这一次的努力。我全部的肉体。就算满盘皆输看起来是必然的结果我也赌了。我为游戏规则付出了我的一切，使它们有可能成为游戏规则之外的东西。我已经获得了当少校问我问题时感到有些羞怯的权利。换句话说，参与的权利，被纽带联系着的权利，团结的权利，接受和给予的权利，超越自我的权利，承认内心的满足是多么强烈的权利，去体验我对战友们的爱的权利，这爱可能由外自内，不到最后的晚餐是不会表达出来的。然后你微醺了，酒精引诱出的良好的意愿使你把头转向了另外一位客人，好像是一棵硕果累累的树等着被人采摘。我对中队的热爱无需赘言，纽带为证即可，这就是我的本质，我就是中队的一分子，就是这样。

想起中队就不能不想起奥赛德，我可以描述他的战斗精神有多么勇猛无畏，但这有些荒谬，这不是英勇不英勇的问题：奥赛德将自己作为礼物完全奉献给了这场战争，比我们任何一个人都要彻底。奥赛德长时间驻足停留在我要奋斗许久才能抵达的地方。我在穿军衣的时候不停咒骂，奥赛德从不咒骂。我们正在前往的地方，已经有了奥赛德，那本来就是我要去的地方。

奥赛德以前是个军士，最近才被提拔成少尉，他的文化教育程度当然不高，他很难发现自己身上存在什么启示。但他被塑造完满了，当责任这个词被应用到奥赛德身上时，便失去了所有冗余的解释，所有人都希望像奥赛德那样去经历责任。面对奥赛德，我责备自己总是放弃做些小事，对自己错误的忽视，我的懒惰，最重要的，如果有充分的理由的话，我责备自己用来怀疑的时间。这不是美德的象征，这是一种完全能够理解的忌妒，我想存在于奥赛德存在的高度。树是一个美丽的东西，稳稳站在它的树根之上。奥赛德始终是完美的。他绝不会令人失望。

我接下来要讲述的事情无关乎奥赛德战时的任务表现。他是不是自愿的？我们都是自愿的，每个人，做的每个任务都是。我们通过一些微不足道的需求获取自信，以此来超越自己一点点。奥赛德是天生的志愿者，他“就是”战争。他身上的这种特质太过自然，以至于只要需要哪个士兵牺牲的时候，少校总是会想到奥赛德："听着，奥赛德……" 奥赛德沉浸在这场战争里就像僧侣沉浸在自己的宗教里。他为什么打仗？他为了自己打仗，因为他已经和必须被拯救的特质融合在了一起，这是他自己的意义。在这个层面上生命和死亡之间没有明确的界限，并且奥赛德已经是两者兼具了，或许他没有意识到这一点，但依然对死亡无所畏惧，勇往直前，推动着一切……奥赛德的生命与死亡是协调一致的。

他第一次使我震惊是盖瓦拉试图借他的手表在一次航行中测量速度时，他所表现出来的苦恼。

"不，中尉……长官……它真的没有那么方便。"

"别像个蠢货一样！就拿它去做个十分钟的检查。"

"长官……中队的军需官那里有一个手表。"

"我知道那儿有一个，但是它已经卡在2时07分六个星期了！"

"但是，中尉……表不是用来借出去的……没有命令说我必须把它借给你……你不能强迫我这样做！"

军事纪律和等级尊重可以要求奥赛德在他刚刚被炮火击落却奇迹般地没有受伤的时候爬入另一架飞机去执行另一个使命，一个真正危险的使命……但不能要求他把那个花费了他三个月工资的精美手表交给一双不信任的手，更别说这手表每天晚上都像母亲照顾孩子一样治愈着他的伤痛。你可以通过男人挥舞胳膊的方式发现他根本不明白什么是手表。

而当奥赛德带着胜利的喜悦和保护了自己权益的安全感离开

中队办公室时，他把手表紧紧放在心口的位置，仍旧带着愤怒的气息。那时我本可以拥抱他。奥赛德珍爱的财富在我眼前展露无遗，他会为了一块表斗争到死，他也会为了他的国家这样做。奥赛德的存在已经和它们联系在一起，他存在于与世界的所有联系中。

这就是我爱奥赛德的原因，虽然我并不觉得有必要告诉他这些。我最好的朋友格莱美就是这样离开我的，他死于一次航行，而我本不应替他发言。我们飞同一路线，担当了同一个冒险行动的先锋，我们本质相同，他死亡的同时有什么东西也在我体内死去。我已经使他成为我沉默的同伴之一。我就是格莱美的一部分。

我是格莱美的一部分，是盖瓦拉的一部分，是奥赛德的一部分，我也是2/33侦察中队的一部分，是我祖国的一部分。所有2/33侦察中队的人都是祖国的一部分……

第二十三章

哦，是的，我已经改变了！我感到愤愤不平啊，艾利斯少校，敌人武装入侵的仅仅是一个空洞，但这个牺牲式使命却让2/33侦察中队的23个机组损失了17个。我们似乎都情愿——尤其是你——扮演死掉的群众演员，因为剧本说我们必须这么做。哦，我感到愤愤不平，长官，但我错了！

我们——尤其是你——坚持着任务的内容，即使它的精神已经在黑暗中变得阴云密布。你本能地驱使我们，并非走向一个不可能的胜利，而是走向生命的成长。你和我们一样，知道我们所拥有的智慧是不能转移给其他人的。但你保护着那些力量被掩藏的神圣仪式。你严肃地询问我们关于坦克场、驳船、卡车、站台和站台里火车的情况，就像我们的回答会有些许用处，你甚至表现出令人反感的恶意：

“是的，是的！在飞行员的位置上你会有个好的视野。”

但你是正确的，艾利斯少校。

在阿拉斯的上空，我对我下方的人们负有责任，我只和这些我要负责的人联系在一起，我只能理解我最初接受的人，我只能存在于尽可能多的泉水浇灌我的根部的时候。我是人群的一部分，人群也是我的一部分。在650英尺，我以每小时330英里的速度从云端下降，我在夜晚的灯光下拥抱人群，就像牧羊人看一眼就能点清羊的数量。人群现在已经不再是人群，它是一个国度。

我怎能不心怀希望呢?

尽管失败让人厌恶，我依然与之同在，就像参与神圣的仪式时这种庄严和不变的喜悦感。我沉浸在喧嚣中，我胜利了。有哪个战友在他的归途飞行中感受不到这种胜利感?佩尼科特上尉跟我讲了他在那天早上的飞行:“每当地面火力为了支援而靠得太近的时候，我就直接飞到与它们平行的角度，突然利用机枪扫射来熄灭它们如同风中的蜡烛一样的红光。十分之一秒后，我朝炮兵歇斯底里地大叫……就像机枪爆炸了一样!我发现整个装载机从头到脚都分散开来，就像玩保龄球似的。”佩尼科特上尉笑着，光荣地笑着，为胜利而笑。

我知道，战时飞行会改变一个人，甚至是盖瓦拉的炮兵——他被困在由80盏探照灯形成的长方形大堂里，像婚礼上的战士一样闯过了枪林弹雨。

“现在90-4了，上尉。”

约赛特刚看到塞纳河的地标，我以每小时330英里的速度下降了大约300英尺。巨大的四边形的紫花苜蓿地或玉米地和三角形的森林向我们冲来。观察它们在我的机头前无休止地分裂成零散图像给我带来一种奇怪的生理上的快感。现在我可以看到塞纳河。当我以倾斜的角度穿过它，它害羞地滑开，不理会我，这种像摆动镰刀似的柔软运动带给我同样的乐趣。我感到很舒服。我是自己的船长。油缸在坚持着，我将会和佩尼科特玩扑克色子并赢他一杯，然后我会玩国际象棋击败拉科代尔。当我凯旋的时候，这些就是我想做的。

“上尉，他们在开火，我们……我们在禁区内。”

他在控制航向，我不是那个该受责备的人。

“有多少火力？”

“能有多少有多少。”

“我们能绕着边缘过去吗？”

“我就不该……”

他的语气是就事论事的，但我们已经经历过了暴雨，我方的防空火力仅仅是春日阵雨而已。

“听着，约赛特……被自己人的枪击落是非常愚蠢的！”

“不要射击任何东西……是他们练习的一部分。”

他的声音有些苦涩。

我并不苦涩，我很高兴，我乐意和家里面的这些人聊天。

“呃……是的……攻击得像……”

亲爱的上帝啊，他活着回到这里了！直到现在我才意识到，我的炮兵从未给出他存在的自然迹象。他沉浸在整个冒险中，并未觉得有联系的必要。他除了在炮轰最猛烈的时候说了“天哪”，甚至连这内心秘密的狂欢都不确切。

但是，现在面对的是他的拿手好戏——机枪。在他的专业领域中，你是阻挡不了一个专家的。

我不可能不将这两个世界对立：飞机上的世界和地面的世界。我刚刚载着约赛特和我的炮兵超出了被允许的范围，我们已经看到了火光中的法国，我们已经看到了阳光照耀的海面，我们已经在高空垂垂老矣，我们已经在一个遥远的地方低下了我们的头，像在博物馆的玻璃箱子里面一样。大家都在阳光下与敌方战机交过手。然后，我们又一次冷静下来，把自己扔在战火里，牺牲了一切。那个时刻让我们更了解自己，比十多年的冥想可以教给我们的还多，我们最终用这修道院中的十年恍然大悟……

与此同时，在我们飞往阿拉斯的这条路上，我们下方的队伍再次加速，最多前进了500米。

在他们将抛锚的汽车转移进沟里，换上一个车轮的时间里，或者在他们在方向盘上敲打着手指等待的时间里，或者在他们在旁边的小路清理自己的废料花费的时间里，我们将安全地返回基地。

我们正在全面惨败中大步前进。我们就像那些朝圣者，挥汗如雨地通过沙漠对他们来说不是折磨，因为在他们的心中，他们已经身处圣地。

降临的夜幕用它悲伤的栅栏将混乱的人群圈住，人们挤作一团，谁会听到它的哭声？可是对我们来说，它似乎是加速朝着我们冲着各种庆祝活动而来，如同远处简陋小屋的光，可以将最恶劣的冬夜变成平安夜。在我们要去的地方我们将受到欢迎，在我们要去的地方会有黄昏下的圣餐。

今天的奇遇已经足够：我很高兴，也很疲倦。我会把布满子弹孔的飞机交给我的机械师。我会脱下厚重的飞行服，夜色已晚，我就不去找佩尼科特喝酒了，我将只是坐下和我的战友们吃晚饭……

我们姗姗来迟了，而那些逾期未至的人永远不会回来了。他们都回来了吗？现在已经很晚了。这也没有办法啊！黑暗预示他们已经进入永恒。晚餐时，飞行大队在计算着死亡人数。

死者会在活着的人的记忆里变得美丽，会永远带着他们最灿烂的笑容，但是我们放弃了这种福利，我们会像堕落天使或是偷猎者一样突然出现。我们指挥官将放下嘴边正要吃的面包看着我们，也许他会说："啊！你们回来了……"其他人什么都不会说，只是瞥我们一眼。

曾几何时，我对成年人没有一点敬意。我错了。我们永远不会变老，艾利斯少校！男人在衣锦还乡的那一刻仍是纯粹的："你在这里，你和我们在一起……"似乎一切都在情理之中，彼此心照不宣。

艾利斯，艾利斯……一直以来你的团队意识对我来说就像火之于盲人。盲人坐下来，伸出了他的手，却不知道让他快乐的源泉。我们从任务中返回，准备好接受这不知什么滋味的奖励，这是爱的奖励。

我们没有认出它是爱。爱，在我们通常的认识中，有着更悲怆更汹涌的形式。但这种爱是真正的爱——一种让人成长的纽带。

[illegible]时的[illegible]已经[illegible]了。[illegible]

[illegible]

死亡[illegible]

[illegible]

[illegible]

[illegible]

[illegible]我们[illegible]

多年以前，我对成年人[illegible]

[illegible]

[illegible]

[illegible]不[illegible]

[illegible]一直以来[illegible]

[illegible]

[illegible]

[illegible]

我们[illegible]

[illegible]

第二十四章

我正式询问了农夫那些工具的数量，农夫回答说：

“我怎么知道？那是你的交易，又不是我的。但我认为必然有一些在任何情况下都会算错的工具：就是那些你在一场战争中赢得的……你要和我们一起吃晚饭吗？”

“我吃过了。”

但他坚持着，让我坐在他的妻子和侄女之间：

“喂，侄女儿，坐过去一点，给上尉腾点位置。”

然后我发现相对我的战友，我的联系更为广阔，我通过他们与整个国家连为一体。一旦爱的种子落地生根，它就从来没有停止过生长。

农夫用手环住脑袋，一言不发，他的连日操劳赋予了他一种庄严的高尚，也许这是他最后一次进行这种分享的仪式。

我发现自己想着农田周围的那些土地，那些面包的原料形成的地方，明天敌人就会入侵它们。这里不会有大型的武装冲突。大地是如此广阔，这里被侵入的唯一标志可能是一个孤独的哨兵，孤零零地立在广袤无垠的大地上，成为麦田边缘的一个灰色斑点。表面上看来一切都没有变化，然而一个小小的标志提醒着人们一切都不一样了。

拂动着金色麦田的微风像吹拂着大海的微风，只是吹过麦浪的风似乎更加猛烈地扫过我们的遗产，因为它正在检视着遗产，确保遗产的未来。它是一种对爱妻的抚摩，轻缓地抚平她的秀发。

明天小麦将会变成不同的东西，小麦将不仅仅作为牲畜的饲料，养育人们的也不全是长胖的牲畜，面包此时扮演了多少角色啊！我们已经承认了面包对于人类集体的帮助，因为人们常常坐在一起掰面包吃。从面包中我们学会了承认劳动的尊严，因为面包是由我们的汗水挣来的。从面包中我们学会了承认同情的重要，因为面包会在悲惨的时代被分发给大家。分享面包的滋味不尽相同，然而现在这片精神食粮——这片有灵魂的面包出生的小麦地，它所有的能量正在面临危险。当农夫掰开明天的面包时，他可能不再为了同样的家庭信仰而劳作。明天的面包可能无法滋养这企盼的脸颊上微弱的光。事实上，面包就像是油灯里的油，被转化成为光。

我看着那美丽动人的侄女，对自己说：这面包在她身上变成了一种优雅的哀伤、一种谦逊、一种无言的温柔。而现在，灰色斑点在麦穗的海洋边上微不可见地存在，使得同样的面包不再带来同样的力量了，即便麦粒还是喂养着同样的羔羊，面包的力量本质已经发生了变化。

我参加战争是为了维护泛着微光的品质，这比拯救我们身体所需的食物更重要。我参加战争是为了这独特的光芒，能将面包理想化成同胞们的家园。我注视着这个神秘的少女，她脸上的神情透露出来的不可言说的东西让我为之动容。看她就不是看书页，而是看到洋溢于书页的诗意。

感觉到了我的注视，她抬起眼帘看向我，带着一丝微笑……这如水的精致面庞轻微地呼吸着，多么美好的场景啊。我仿佛感到这地方有独特的灵魂神秘地存在着，它让我平和而安静，在我的脑海中回荡着：“沉默领域中的平静……”

我看到了麦穗上闪耀的金色光芒。

侄女的脸再一次超越了它深深的神秘感显露出光滑质感。农夫的妻子叹了口气，环视了一下桌子，并没有什么表示。农夫陷入了对这一整天的看法中，沉浸在他的智慧里。在他们共同的沉默里，有一种内在的丰盈，好像是一座城池的遗产——而它也以同样的方式受到威胁。一种陌生却不可否认的力量使我觉得需要对这些无形的遗产负责。我以缓慢的步伐离开了农舍。我随身携带的负担越发轻松而不是沉重，就像有一个孩子安睡在了我的怀里。

我曾答应了自己要与我的村庄来一次对话，但我无话可说。在我的印象中，几小时之前，当愤怒镇定下来的时候，我觉得自己就像是紧紧与树相连的果实，我和我的同胞一脉相承，就这么简单。我是他们的一部分，他们也是我的一部分。农夫拿出面包来时，他并没有给出什么，他是在分享，他是在交换。一粒麦子在我们之间的流动并没有使农夫变穷，反而丰富了他，因为他被一种更好的面包滋养了——集体的这块面包。我也没有在执行我的军事飞行任务时给予他们任何东西，我们这些中队的兵都没有。我们就是他们在这场战争中的参与和牺牲。现在我知道为什么奥赛德会毫无怨言地去战斗，就像一个铁匠为他的存在锻造铁器一样。“你是谁？我是村里的铁匠。”而铁匠总是很安心地工作着。

即便现在我充满了希望，他们充满了绝望，我和他们也没有区别。我也不过是他们希望的一部分。我们确实战败了，一切都绑在了一根绳上，一切都在坍塌崩溃，但我内心依然感觉到作为胜利者的平静。这些话自相矛盾吗？让语言见鬼去吧。我和佩尼科特、奥赛德、艾利斯、盖瓦拉一样，我们和那些质疑我们内心胜利感觉的人无话可说，但我们有责任感，而一个人无法同时感觉到责任和绝望。

失败……胜利……我不知道该怎么运用这些词语。有的胜利令人振奋，有的在消亡，有的失败谋杀生命，有的唤醒人生。生命不是由所处的状态来定义的，而是由行动定义的。毫无疑问，唯一的胜利是生活在种子里的力量，一旦在黑土地种下它就已经胜利了，虽然我们需要花费时间照料它使它成为小麦奏响凯歌。

今天早上除了脱节的军队和混乱的人群之外什么也没有，只不过混乱的人群只要有了一丝它可以创造纽带的意识，就可以结束这混乱。建筑工地上一堆石头只是看起来不成形状，因为那个地方有一个人和他心中的大教堂。我不担心散落的淤泥，只要有种子荫蔽其中，总有一天会破土而出。

一个抵达沉思境界的人变成了一颗种子，要是谁发现了一个明显的事实，他会忍不住拉每一个老乡来看看这个事实。发明者总是宣讲他发明的美德。我不知道像奥赛德这样的人会怎样表达或者表现他自己，我也不在乎。他会把他沉着的信念在他周围传播。我对胜利的意义现在有了更清晰的认识：那些为自己在完工的大教堂保留了一份作为司事或是小吏的工作的男人已经失败了，但那些在内心依然保留着一个等待建设的教堂的男人会成为胜利的征服者。胜利是爱的果实，而爱自会认出要塑造的面容。爱会催着我们朝那个面容前进。智慧除了为爱服务之外，没有别的价值。

雕塑家为他的工作的重要性所累，雕塑最终的形态是否已知对他来说并不重要。从一个拇指到下一个拇指，从一个错误到下一个错误，从一个矛盾到下一个矛盾，他会笔直穿过黏土抵达他的创作。智力和评判都没有创造力，假如雕塑家没有知识和能力，他的手中也不会有天赋存在。

我们沉浸在智慧的作用里太久了，我们忽略了人的本质。我们相信，天生的艺术鉴赏力可以帮助崇高事业的胜利，聪明的自私中可以诞生牺牲的精神，心脏的干旱可以通过精妙的演讲找到兄弟情义或是爱。我们忽略了人的本质。雪松的种子，不管怎么生长，最终都会成为雪松。蔷薇的种子会长成蔷薇。从这一刻起，我拒绝以人们用来证明自己决定的语言来判断他们。口头的承诺太容易欺骗，行动的方向也是。假如一个人走向他自己的屋子，我无法知道他是走向冲突还是爱，我会扪心自问："他是怎样的一种人？"只有这样我才能知道他内心驱动着他的是什么，他会走向哪儿，因为最终我们总会走向内心驱使我们去往的地方。

阳光照耀下的种子，总会在石缝的泥土中找到自己的路。纯逻辑学家，如果不接受通往内心的阳光的引导，就会沉溺在问题的纷乱中。我记得我的敌人给我上过一课，武装纵队应该以什么方向侵入对手的后方防卫？他自己也不能回答。武装纵队应该是什么样的？它应该具有大海撞击大坝的分量。

我们应该做什么？这样做，或者相反，或者以其他的方式。未来是没有确定性的。我们应该是什么？这才是关键的问题，因为只有精神才能培育智力，并用前方的任务去渗透它，而智力可以把精神发挥到极致。人是怎么造出第一艘船的呢？这个过程一定很复杂，总而言之这艘船诞生于上千次矛盾的摸索中。但造船的人是怎样的人呢？我追根溯源地推测，他应该是一个商人或者军人，凭借对遥远的国度的热爱，他才会刺激技术发展，挖掘工人的才华，直到有一天发动他的船。我们要怎么做才能使一片森林消失？这说起来太难都不能算作问题了……那我们应该是什么呢？一场森林大火！

明天我们将陷入黑暗，祝福我的祖国在白天来临之时依旧存在！我们要怎么做才能拯救它？我们怎么才能归纳出一个简单的答案？存在各种复杂的情况，我们必须保护我们的精神遗产，没有它我们的种族将被剥夺其本质。我们也必须保护我们的种族，没有它我们的精神遗产将会丢失。由于缺乏一种语言来调和这两种救赎，逻辑学家会受到要么牺牲灵魂要么牺牲身体的引诱。但是别管什么逻辑学家，我想要我的祖国在天亮时分保存下来——不管是精神还是肉体。如果我要为国家的利益采取行动，我将不得不带着我的爱所能产生的所有力量不断朝这个方向努力。大海总是会找到办法突破堤坝的，假如它负担着它所有的重量。

我可以毫不犹豫地承认我们的救赎，我更加能够理解我心中关于盲人与火的场景了。如果盲人朝着火走去，那是因为他身体里产生了对火的需求，这需求指引着他的步伐。如果盲人追求着火焰，那是因为他已经找到了它。雕塑家也是这样，在他们把全部的重心都倚靠在黏土上的时候他们就已经拥有了自己的创作。我们何尝不是呢，我们能感到彼此联系的温暖：这就是我们胜利的原因。

我们的集体已经注意到了这一点，我们应该把它化为文字，去鼓舞别人，这需要意识和语言方面的努力。不过如果我们不想失去任何事物的本质，我们就必须对付权宜的逻辑，对勒索和论战充耳不闻。最重要的是我们不能抛弃我们共同拥有的本质。

因此，在村庄静谧的晚上，从阿拉斯执行任务回来后——我觉得，由于我的工作，阿拉斯的情况变得清晰了——我倚靠着墙壁给自己制定的简单的规则，我会永远遵守。

自从我成了他们的一部分，不管我的人民做了什么，我都不会与他们断绝联系，我决不会在别人面前公开反对他们，如果可以站出来替他们防御，我就会站出来。假如他们羞辱我，我会把那耻辱锁进心里保持沉默，无论那个时候我怎么想他们，我也决不会见证对他们不利的事。丈夫从不会挨家挨户告知他的邻居他的妻子是个荡妇，这并不是他拯救自己名誉的方式，这是因为妻子是家的一部分。他不能预设道德立场来与她对抗，只有在四面都是墙壁的屋子里他才有权利表达他的愤怒。

因此我不能使自己脱离一场会经常给我带来屈辱感的失败，我是法兰西的一部分。法兰西培育了诸如雷诺阿、帕斯卡、巴斯德、格莱美和奥赛德这样的人，也培养了不称职的政治阴谋家和骗子。对我来说宣称跟前者有亲属关系，否认和后者的一切联系这样的事情实在是太轻率了。

失败造成分裂，它将业已存在的东西打乱，其中蕴藏着致命的危险，我不应该把对灾难的指责归咎于那些与我持不同看法的同胞身上，从而加剧这些分歧。在没有法官的诉讼中得不出任何结论。我们所有人都失败了，我失败了，奥赛德失败了，但他不会归咎于任何人除了他自己，他会从内心深处反省："我，奥赛德，法兰西的一员。我变得很虚弱，法兰西属于我的那一部分也变得虚弱。我在它体内虚弱着，它也在我身上虚弱着。"奥赛德很清楚，一旦他割舍了与同伴的联系，他只能孤独地发光，那时的他就不再是那个与家庭与中队与祖国融为一体的奥赛德了，他变成了贫瘠又没用的奥赛德。

如果我接受了家给我带来的屈辱，我便可以用行动来影响它，我们彼此相容。假如我拒绝分享它的屈辱，那屋子只会崩塌成碎片，而我将走上阴翳的，在虚荣的云朵之下却比尸体还要空虚的自己的路。

要做到这样，一个人首先要有责任感。就在几小时之前我还是盲目的，苦涩的，但现在我想得很明白。正如我因为感觉到自己是法国的一部分而拒绝了对其他法国人的抱怨，我不能再设想出法国关于世界的任何控诉。我们每个人都要对所有事情负责，法国需要对世界负责。法国本来可以给世界提供团结一体的普遍准则，法国本来应在世界拱门上做一块拱心石。

假使法国曾经拥有它的格调和光芒，那么通过法国，整个世界都会被吸引，汇集成一股抵抗的力量。我抛弃了自己对世界的谴责，如果世界失去了灵魂，法国就应该成为它的灵魂。

法国本应该振作起来，我的中队曾先后作为志愿者支援挪威和芬兰。挪威和芬兰对法国的士兵意味着什么？我总是感觉他们已经准备好在尝到圣诞节的滋味之后就死掉。在世界的公平较量中保护那种滋味对他们而言意味着牺牲自己的性命。如果我们认同了圣诞节之于世界的意义，那么世界就会被我们拯救。

人们的精神团体不会因为我们的口味改变，不过要是成为那样一个精神团体的基础，我们可以拯救世界和我们自己，失败了，每个人都要负责。每一个单独的人，都要负责。每一个单独的人，都要负起全部的责任。

而我第一次理解了使我所在的文明诞生的宗教的神秘："为了承担人们的原罪……"我们每个人都要承担所有人全部的原罪。

第二十五章

谁把这看成一个弱者的教义？一个指挥者要能够负起全部的责任，他会说“是我被打败了，而不是我的士兵们不努力”，这才是一个真正的男人。而奥赛德会说：“这是我的责任。”

我理解谦卑的含义，它并不是自我贬低，而是一种行动的原则。如果想要赦免自己，我会拿命运作为我不幸的借口，将自己交给命运。如果拿背叛作为借口，那就是放任自己不忠诚。但是，如果我要为某些过失负责，我肯定会以男人的姿态承担一切，我会用行动来证明自己是其中一员。

为了放大自己的本心，我不停地同另一个我抗争，花了很长时间我才意识到他与我的想法格格不入，并把他从逐渐膨胀的自我中隔离出来。我不懂得如何衡量我脑海里另一个我的价值，但是我能够用自己独特的语言去表达内心的思想。真正重要的是，一个强者会坚定地沿着追寻自我价值的道路前行。

备受争议的真相并不能让我感到丝毫的满意，对于个人的指责是没有任何意义的，因为很多时候它们都是空穴来风。我无法理解这群碌碌无为的公职人员为何要压制人民的反抗，也无法理解他们居然为了一己私利而导致国家孤立。显而易见，个人的不作为会导致整个国家的失败。但是一个真正的强者会去努力适应时代的潮流，如果我所认同的文化受到个人的威胁，我有权去质问自己，为什么没有把他们塑造成别的模样。

一种文明就犹如一种宗教信仰，会因为其追随者的懦弱而责问自己，因为使它的追随者变得高尚是它的责任。当其抱怨别人的仇恨时，同样也要质问自己，因为将他们变为追随者也是它的任务。然而我那所谓的文明在它的时代已经证明了它的价值，用圣火激励它的信徒来推翻残暴君王的统治并使人们重获自由。然而，如今的它既不能使信徒变得高尚也不能将非信徒转化。假如非要为我的失败寻根问底，假如能重拾旧时抱负，那我首先必须找回我早已丢失的激情。

文明与粮食一样重要，粮食是使人获得生存必需的营养，但人类反过来通过收集粮食的种子使之得以保留下来，在粮食世代传递的过程中，种子被当成遗产般受人尊敬。

对于需要播种哪一种粮食我无从得知。如果我希望保留某一类型的人和其内心的力量，那我就必须保留那些人坚持的生活法则。

但是，假如现在我已经保留了我那所谓的文明的影像，我也已经丢失了传播它的能力。然而就在今晚，我却发现那些早就想好的语言已经脱离了我的内心。因此我支持民主，并非因为我口齿伶俐，或拥有一套控制人类质量的命运法则，而是因为我有一系列的念想。我希望人类是自由的、快乐的，对同胞是姐妹相称、兄弟相待的。当然没有谁会不同意我的观点，我甚至可以毫不费力地论述人类会变成什么样，而不是他们应该是谁。

我过去常常认为我脑海里所残留的人类社会的形象并非如设计的那般，我所唤醒的东西似乎不证自明，当然不证自明是不存在的。一群法西斯主义者或者奴隶市场同样也是人类社会。

我一直努力尝试成为人类社会的建筑师，我享受着它的宁静、它的忍耐，以及它的安慰，除了活在这里我对它一无所知，我就像一个教堂司事或者教区执事，寄生虫般活在这里。

船上的乘客亦是如此，利用着船只却不给任何回报。在他们所认为的密不透风的娱乐室的庇护下，他们尽情玩乐，对于船体中部木料因为受到海水内部压力而倾斜一无所知。如果船体在暴风中解体他们又会以什么样的理由去起诉呢？

如果个人堕落了，自我失败了，我的抱怨又有什么实质作用呢？

我所希望看到的文明社会的人是有一个标准的，他们所发现的特殊社区也是有一个基本准则的。在这个准则里，一切开始涌现：树根、树干、树枝、果实。那是什么？那就是强大的种子生长在人性的沃土里。单靠这个，我就可以凯旋了。

在这样一个属于我的乡村夜晚，我似乎明白了什么。安静让这夜更加诱人，轻微的声响像铃声般充满了黑夜，在这里一切都与我如此和谐，水牛的低吟声如此，遥远的呼唤声如此，关门的声音亦是如此。它们占据着我的内心，我必须抓住这一瞬间的感觉，因为它稍纵即逝。

“枪声回响在阿拉斯。”我自言自语。那枪使子弹爆开。这一整天我都必须使我内心的小屋归于平静，只是做一个充满怨气的房东的代理人。换句话说，一个个体。但是后来男子汉出现了，轻而易举地占据了本该属于我的位置。他看向混乱的人群，看到了一个民族。他的民族具有“人”的精神，是对那个民族和我的统一标准。那就是为什么，当我向我的军队飞驰时，我似乎是在向耀眼的火焰扑去，我的眼神里都显示出大写的“人”——具有“人”的精神，是所有志同道合的人的共同标准。

这是个信号吗？我很迷信于信号的暗示……这夜里的一切都像无声的协议，每一个声响于我都伴随着讯息，遥远而又清晰。我仿佛听见了一阵轻快的步伐声。

“晚安，上尉！”

“晚安……”

我不知道是谁，我们就像两个摆渡者向对方欢呼。

我再一次体会到一种不可思议的亲密关系。这个占据了我整晚的男子汉将会无休止地悉数着他的人民。“人”，民族和种群普世的准则。

那个同伴带着他喜欢的东西、思想和愿景回家了，带着他锁在船上的货物。我本可以靠近他，与他细语。我们也本可以在乡村的小路上交换彼此的记忆，就像从遥远海岛归来的商人一样，交换各自寻得的宝贝。

在我看来，我不会与我性格不同的人不和，相反，他还会促使我成长。我们的一致体现在更高的境界——生而为“人”。我们晚上在2/33侦察中队的争论不会破坏我们的兄弟感情。他们会强调这点，因为没有一个人希望只听到自己的回声或者在镜子里只看到自己的脸。

具有“人”的精神的人都聚集在一起，这是相似的，在法国的法国人，在挪威的挪威人。他们在各自的地方因为会做“人”而结交。同时，不可否认的是，“人”的精神也赞赏着他们特别的风俗，就像一棵树是用它的枝干张扬着自己，而不是用它的树根。所以，如果雪的故事就写在那里，郁金香就开在荷兰，弗拉明戈舞即兴地在西班牙上演，那么我们都会觉得心灵富足了。那样也许我们就会明白为什么中队要为挪威而战……

而现在，我似乎已经接近旅途的终点，我并没有什么新的发现，但是就如刚睡醒的人一样，我会再看一眼我所看到的东西。

信奉着“人”的精神，我的文明已超越个体了。漫长的世纪里，我的文明一直在寻找和揭示男性气概，它也许已经告诉了我如何通过石头识别大教堂以及如何超越对它的识别。它早已宣扬，“人”存在于个体之上……

在我的文明意识里，“人”不是男人的代名词。男人是他们自己定义的。在人之中，甚至在所有的地方，有的东西是不可以由它的组成物质来解释的。一个教堂比组成它的那些石头具有更多的意义，它是几何建筑，教堂不是以组成它的石头来定义的，但也不是说石头因为教堂就有了独特的意义，甚至提高身价，晋升为教堂石。各种各样的石头结合为一个整体。教堂会包容所有的一切，即使对石像上最怪异的石头，也会把它们写入赞歌之中。

但是，我渐渐地忘记了真理。我以前认为，男子汉就是男人们的统称，就像石头就是指所有石头一样。我曾经错误地认为，所有的石头组成了教堂，如果这是真的，教堂的遗迹会逐渐消失在历史的视线里。我们必须重新鼓起“人”的勇气，这是文明的精髓，是团结的基石，是胜利的准则。

第二十六章

在每个人都提交关于规则的修改意见的情况下，要建立起社会的秩序是很容易的，成功的秘诀就在于给予人们对自己的统治权以使他们自由。

让人自由，这是什么意思？如果我把一个失去知觉的人放任自流，他的自由意味着什么？除非这个人要朝一个方向走去，否则自由对他是没有意义的，给这样的人自由就是教会他什么是饥渴，并且把通往水井的路线给他勾勒出来。只有这样这一系列的行为才能向他暗示自己并不是没有意义的。抛石头是没有意义的，除非存在重力，不然被抛开的石头哪儿也不会去。

现在我的文明试图在“人”而不是个人崇拜上建立人际关系，让每个人对自己或对他人的行为不再是对蚁丘的盲目顺从，而是自由行使的爱。

重力不可见的轨迹给了石头自由，爱不可见的斜坡给了人类自由。我的文明力求使每个人成为同一王子的使臣，把个人看作比自己本身更伟大的路径或使命，给个人升华的自由提供不同的磁力方向。

我知道这样的能量来源于哪里，几个世纪以来我的文明通过人们注视着上帝。“人”就是在上帝的影像中创造出来的，人们尊重上帝，人们是上帝的兄弟，神的这种映射赋予每个人不可剥夺的尊严。人类与上帝的关系是每个人对自己和他人职责最明显的基础。

我的文明是基督教价值观的继承者，我应该回忆起那些大教堂，这样我可以更好地了解它们的建筑结构。

对上帝的注视使得人人平等，因为他们在上帝面前是平等的，但是这平等有着清晰的含义，因为人们只有内心怀揣着什么东西的时候才是平等的。士兵和上尉在国家里面是平等的。假如失去了支撑它的东西，平等就沦为一个空洞的词语了。

我清楚地明白为什么这种平等，这种上帝通过个人表现出来的平等，禁止、限制每个人提升自我的权利：它也许是上帝选择的道路呢。不过基于它也是一种上帝凌驾于个人之上的平等，我明白为什么个体，不管是谁，都需要承担普通的责任，对法则抱有基本的尊重。在上帝的表述中他们在权利上保持平等，而作为上帝的仆人，他们在职责上也必须人人平等。

我明白为什么建立于上帝的平等带来的既不是矛盾也不是障碍。当没有一个普遍准则的时候，蛊惑人心的宣传就会乘虚而入，平等的原则就会被贬为身份的原则。然后士兵拒绝向他的上尉敬礼，因为在敬礼的时候他致敬的是个人，而不是整个国家。

我的文明，继承了上帝的遗产，让人们在“人”的精神里保持平等。

我明白男人之间相互尊重的来源。学者会尊重煤机工人，因为煤机工人也是上帝的大使，学者通过他来传达对上帝的尊重。无论一个人有多么崇高，另一个人有多么渺小，没有人可以声称自己有权利使渺小的人接受奴役。大使是不能被羞辱的。但是这种尊重并不涉及面对平庸的个体，面对愚昧和无知自降身份的顶礼膜拜，因为人首先要为自己是上帝的大使而感到荣耀。因此上帝的爱在人与人之间建立了高尚的联系，他们作为大使而非个体在交流各自的事情。

我的文明，继承了上帝的遗产，通过个体又超越个体奠基了对“人”的尊重。

我明白人们产生兄弟情义的根源。人们在上帝面前都是兄弟，当他们都胸怀志向的时候他们就是兄弟。如果没有节点来连接他们，人们是被并排放置而独立着的，不会被联系在一起，你不可能是你自己的兄弟。我的战友和我在2/33侦察中队是兄弟。在法国，法国人彼此是兄弟。

我的文明，继承了上帝的遗产，让人们在“人”的精神感召下成为彼此的兄弟。

我明白那些传播给我的慈善事业的意义。个体通过慈善事业来服务着上帝，不管多么平凡的人都是欠着上帝的。慈善并没有羞辱受益人，也没有用感激的铁链捆绑、束缚他，因为这份礼物不是给他的，而是献给上帝的。与此同时，行善从来不是向平庸、愚蠢或无知致敬，它就像医生用生命去照顾瘟疫受害者的职责。医生在侍奉着上帝。医生并不会因为在小偷的病床边度过了一个不眠之夜就变成卑劣的人。

我的文明，继承了上帝的遗产，通过个体又超越个体将慈善作为礼物奉献给“人”的精神。

我明白个体所需求的羞耻感的深远影响力，它并没有使人更低级，反而提升了人格品质，它启示着人作为大使的角色。就像它强迫人通过他人尊重上帝一样，它也强迫人同样尊重自己，强迫人成为上帝的信使，以父之名旅行。它迫使人忘记了自己，才能幸福地成长，因为如果人以个人名义获取辉煌，这辉煌会在人生之路上瞬间化为一堵墙。

我的文明，继承了上帝的遗产，同样宣扬着自尊，通过尊重自己来尊重“人”的精神。

最后，我明白为什么上帝的爱创造了人们对于彼此的责任，在他们心中种下希望的美德。因为它使每个人都成为上帝的大使，所有的救赎在每个人的手中安息。没有谁拥有绝望的权利，因为每个人都代表着比自己更伟大的东西。绝望是对自己体内上帝的一种否认，希望的责任此刻得以表达：“所以你觉得自己很重要吗？你的绝望是多么自负啊！”

我的文明，继承了上帝的遗产，使得每个人都要对所有人负责，所有人也要对每个人负责。一个人必须牺牲自己才能救赎整个集体，可这不只是一些疯狂的算术而已，这是通过个体又超越个体来尊重“人”。我的文明的伟大，实际上就是100个矿工感到有责任继续冒着生命危险拯救被困在地下的唯一一个矿工。他们拯救的是“人”的精神。

在这样的光环之下，我清楚地明白了自由的意义，这是树在其根植的领域随意种下种子的自由。它是人类升华的环境。它就像一股有利的风，只有风的恩典才能使帆船自由航行在海洋之上。

如此一来，一个要建造世界的人会有着树的力量，有什么地方他不能伸展他的“树根”呢？生而为人的哪一天，他会不去吸收空气与养分，直到在阳光下开出“花朵”呢？

第二十七章

但是我毁了所有的事情，我浪费了我的遗产，我让个人的概念泯灭。

然而为了维护通过泄漏个人隐私而透露出来的这位王子的个人崇拜和通过这种个人崇拜建立起来的高质量的人际关系，我的文明已经长出足够的力量和智慧。我出于人道主义紧张地朝着那个目标努力。人道主义是把点亮和保持个人的主导地位作为自己的专属任务。人道主义强调个人。

但是到了需要谈及个人的时候，语言显得非常苍白，“人”与人是不同的。如果我们单单指那些石头，那么我们就没有必要说大教堂有什么特别重要的。如果我们想要用整个人类的品质来定义一个人，那么我们也没有必要强调他是一个单独的人。因此人道主义从一开始就力图阻止这样。它试图从逻辑和伦理两个方面来把握住一个人，从而将他刻入我们的意识之中。

任何口头的解释都无法代替沉思。人类本质的统一是无法用语言来表达的。如果我想要教会一个人去爱他的家乡或者一个农场，然而他原本的文明里面是没有这种爱的，那么毫无疑问我无法使他动容。一个农场是由田地、牧场和牲畜组成的，无论是单独还是一起，它们都是用来填充这个农场的。然而在这个农场中有一些东西是无法作为材料来分析的， 农场主对农场的爱是可以让他毁灭自己来维护这个农场的。在现实之中，这一类的东西使得由有具体质量的某一种元素组成的实物更加高贵。它们成为那个农场的牛、牧场和土地……

因此一个人成为属于某个地方的人，属于某种职业的人，属于某种文明的人，属于某个种族的人。但是如果他想要从这些本质中找到自己的位置，他必须在自己的内心中建立这些本质。没有家乡的概念，语言中也就不会有能够表达这种情感的词语了。只有通过动作他才能表达出他渴望表达的那种本质——一种不属于语言能表达的本质，一种通过动作才能表达的本质。我们的人道主义忽视了动作的重要性，难免在尝试中就失败了。

这种用来表达本质的动作如今有了一个名字，叫作牺牲。

牺牲并不意味着截肢或者忏悔。它只是精神上的一种行为，是一个由自我送给能在其中找到自我的本质的礼物。唯一能够理解农场意味着什么的那个人是需要将自己的一部分牺牲给农场的，他费尽心思维护农场，苦苦劳作让农场变得更美。那么对农场的爱就会成为他的一部分。将农场视为所有资产的总和是不正确的，它应该是农场主付出的总和。

只要我的文明还倚仗着上帝存在，它就能维护这种让上帝在人类心中产生牺牲的概念。人道主义忽略牺牲这种必要的角色。它认为个人的这种观念是由语言来传达的而不是由行为。

用以维护站在人类的角度观察出来的个人的形象，它仍然只是带有同一个首字母的词。我们面临着一个走向永远都弄不清楚个人和人类平均的象征的危险地步。我们面临着弄不明白组成教堂的所有石头的危险边缘。

然后我们会一点一点地失去我们的遗产。

我们不是讲个人的权利高过人的权利，而是我们开始谈及集体的权利。我们已经见识过一种不重视人的集体道德的慢慢建立的过程。这种道德观念可以清楚地解释为什么个人有义务为集体做出牺牲，然而失去了语言的诡辩，它将不能解释为什么一个集体没有为个人牺牲的义务，为什么上千的人为解救一个蒙冤入狱的人而死是公平的。我们依然记得理由，但是他们渐渐地从记忆中消失。但是总归我们的伟大会在将我们与蚁丘清晰地区别开来的原则中共存。

因为缺少一种有效的思维方式，我们失去了对建立在个人上的人性的把握，并且朝着由人群组成的蚁丘思考。我们如何才能提出针对国家的宗教或者针对群众的宗教？什么会成为神之子的个人的伟大形象？答案依稀可以从由它的实质产生的词语中辨别出来。

一点一点地，忘记个人，我们将我们在道德上的担忧限制于每个人的问题上。我们要求每个人都不能错怪他人。对于石头，当它们杂乱无章地躺在草地上时，它们彼此没有做错事。但是它们冤枉了那座它们本可以建成的大教堂，那座本可以让它们变得重要的大教堂。

我们继续宣扬人的平等，但是已经忘记了个人，我们无法理解我们所说的，缺乏对于平等的组成成分的了解，我们变成了一种模糊的不知如何去使用的定义。我们该如何在个人的层面上，在智者和野蛮人、白痴和天才之间定义平等？从物质的层面上来讲，如果我们的目的是定义和构建，那么平等就要求它们都占据相同的地方，起到相同的作用。然而这种想法是荒谬的。平等的原则就是这样被贬低成为身份认同的原则。

我们继续宣扬个人的自由，但是已经遗忘了个人，我们将自由定义成了一个模糊的凭证，唯独受到对他人造成的伤害的限制。这是没有意义的，因为不存在任何不涉及他人的行为。如果作为一名军人我伤害我自己，我就中枪了。从来不存在不依靠他人的个体。一个自尽的人伤害的是整个集体。一个伤心的人会让集体也伤心。

没有遇到不可克服的矛盾，我们就不知道如何去使用权利来面对这样一个设想出来的自由。我们不知道如何区别在哪些情况下我们自由的权利是有效的，但仍希望维护一个不起眼的原则，我们对每个社会里面对于我们自由的无数的限制假惺惺地闭眼无视。

至于慈善，我们甚至不敢宣扬它。以前创造本性的牺牲，它通过人的形象为上帝加冕时被冠以慈善的名字。通过人，我们将这种荣耀给予上帝或者单独一个人。但是当我们忘记上帝或者单独一个人时，我们仅仅将其给予人。从这个时候起，慈善往往成为一个不可接受的行为。社会，而非个人是有义务保证以上帝之名施善时的质量的。一个人的尊严应该使他不被其他人的慷慨降为附庸。如果很富有的人会对一无所有的人提出超出他的所有物范畴的要求以表达他的感激之情，那么这将是自相矛盾的。

但是除开这些，我们没有理解的慈善正在违背它自己的目标。建立在对个人怜悯的冲动之上，它会禁止所有具有教育意义的惩罚。然而超越个人呈现出对人的崇拜的真正的慈善教导我们应该要打击个人从而放大人的重要性。

因此我们忽视了“人”。失去了“人”，我们将不再拥有我们的文明传承给我们的友爱的温暖，我们因为内在的传承而成为兄弟，没有人可以成为自己的兄弟。分享并不意味着友爱。那些牵绊是由通过给予比我们自己更重要的东西这一牺牲的行为来建立的。但是我们自己怀疑这种真实的存在，像细菌一样收缩起来，将我们的友爱贬低到互相容忍的程度。

我们不再给予。如果我现在只愿意对我自己牺牲，那么我将不会收到什么，我在建立一个不包含我自己的虚无的东西，因此我就是虚无。如果有人让我为了一些利益去死，我会拒绝去死。我的利益要求我必须活着。怎样冲动的爱才能弥补我的死亡？一个人会为了一个家去死，而不是为了家具或者墙。一个人会为了教堂去死，而不是为那些石头。一个人会为一个民族去死，而不是为一群人。如果这是群体的关键因素，他会因为对人的爱而死去。他只会因为那些能让他活下去的东西而死去。

我们的词语是一成不变的，但是我们说的话，将会带领我们走向不可调和的矛盾。我们拒绝的会是这些有争议的问题。忽视建造的方式，我们拒绝将石头杂乱地遗弃在地上，因为谨慎地从集体的角度来讲，这样是没有意义的，虽然我们并不是很确定我们的话意味着什么。集体只要没有和某种东西联系在一起，就是毫无意义的。

如果我们的社会还值得期待，如果人还保留一些威信，被我们的无知出卖的真正的文明仍然会用命中注定的光照亮我们，拯救我们。

如果我们自己都不再了解自己，我们的敌人将怎样了解我们？他们看到的仅仅是一堆杂乱的石头。他们开始为我们再也无法定义的集体赋予意义，因为我们没能记住人的意义。

他们中的一些人马上快速地得出了逻辑上最极端的结论。石头和石头一定是一样的。单独的每块石头都统治着自己。无政府主义者牢记着对人的崇拜，但是将它严格地用到每个人的身上。然而由那种严谨性产生的矛盾比我们自身的矛盾严重很多。

还有一些人将这些杂乱无章的石头收集在一起。他们推崇集体的权利。这个等式很难被满足，因为如果对于人欺压集体是无法忍受的，那么同样，对于集体欺压人也是无法忍受的。

还有一些人拿着那些无用的石头，由于他们拿了一些石头，他们成为一个“州”。然而这个“州”也没办法超越人的存在。它同样只是一个群体的概念。它是集体授权到一个人手中的权利。它是一个和其他石头一样的石头，却统治所有的石头。这种状态大声鼓吹我们仍然抵制的集体伦理，但是我们自己却慢慢地朝着这种伦理前进，因为我们忘记了人，人是唯一能解释这种拒绝的理由。

这种新宗教的教友们是不会接受几个矿工应该冒着危险去救一个被埋着的矿工的行为，因为这样会对一堆石头造成损害。他们会烧死一个受伤的人，因为他将会影响军队前进的步伐。如果这个集体的益处是通过纯计算得出来的，那么这种计算的方法将统治这个“州”。为了超越自我，升华到更高境界，这反而会造成他们的损失。紧接着，他们会讨厌与他们不同的东西，因为他们支配不了任何高于他们、不能与他们混同的东西。每一种不同的习俗、种族和思想都必将被他们视为冒犯。他们根本没有能力兼收并蓄。因为我们要想把人变成他自己，不是肢解他，而是给他的愿望和能量一个目标，让他通过自己表达自己。转变通常都意味着释放。大教堂能够吸收石头，赋予它们意义，但是一堆石头则没有办法吸收任何东西，并且因为它们不能吸收其他东西，它们就会被摧毁。这就是其中的道理，又能责怪谁呢?

一堆石头，因为它们有更加伟大的意义，其重要性比荒野之中杂乱的石头更强一些，我对此一点儿都不感到惊讶。

但是我确实是最强的。

如果我能找回我自己，我就是最强的。如果我们人类能够将人还原到他原本的位置，如果我们知道如何建立我们的团体，如果我们为了建立它运用唯一有效的工具——牺牲，那么我们的文明已经建成的集体就不是我们利益的集合，而是我们给予的集合。

我是最强的，因为树比土地里的元素强壮。树木将土地的营养吸收到自己身上，并将它们变成树的一部分。大教堂比一堆石头更具有光芒。我是最强的，因为只有我的文明有这种将每种多样化的特殊性统一到一起，而无须将它们逐个击破的能力。它将力量的源泉给予生命，同时从中获取力量。

当我成功之时，我更想得到而不是付出。这真是一种徒劳的想法。在沉闷的语法课上，一个人必须先给予才能收获，先建立才能居住。

由于血缘的关系，我已经拥有了对我的同胞的爱，就像一个母亲因为哺乳的关系会散发母爱一样。其中就包含奥秘。爱的存在最开始是在牺牲之中建立的。爱随后可能会要求其他的牺牲并用它们来实现所有的胜利。一个人必须首先采取第一步。他必须出生才能存在。我已经完成了我的使命，和来自农场的一位年轻女子建立了亲属的关系。她的微笑是透明的，透过她的微笑我能够看见我的小村子。透过我的小村子，我看到了我的国家。透过我的国家，我看到了其他的国家。因为我是一个有着以人为关键的文明的人，我属于那个想为挪威战斗的2/33侦察中队。

明天艾利斯可能会派我去完成另外一项任务。如今我穿上军装来服务我一直忽略的上帝。阿拉斯的地面炮火破开了豆荚，我看到了，所有窝在家里的人都看见了。如果我在黎明出发，那么我应该知道为什么我如今还在努力。

但是我想记住我所看到的。我需要一个简单的信条来提醒自己。

我应该为人超过个体的首要地位而奋斗，就像普遍性应该排在特殊性的前面。

我相信对普遍性的推崇、标榜，并将所有特定的财富集合在一起，而且它是唯一真正的秩序，同时也是生命的秩序。树也是秩序的一部分，尽管它的根和枝是不同的。

我相信对特殊性的推崇只会带来死亡，因为它建立在以相似性为基础的秩序之上。它将本质的统一和部分的认同混淆。把石头排列成行，建筑不了教堂。因此我应该反对那些想要将独特的生活方式强加于其他生活方式，将独特的人强加于其他人，将某个特定的民族强加于其他的民族，将一种独特的思维方式强加于其他的思维方式的人。

我相信强调人的首要地位是唯一有意义的平等和自由的基础。我相信通过个人而表达出来的人的权利的平等性。

我也相信自由是人追求向上的自由。平等不是认同。自由不是个人和人的对抗的放大。我应该反对任何想要奴役无论是个人还是由个人组成的集体的自由的人。

我相信我的文明将把人做出的牺牲命名为慈善，并作为它统治的基础。慈善是给人的一个礼物，是超越了个人的平庸的。它创造了人。我将反对任何声称我的慈善是向平庸致敬，否定“人”，并将个人囚禁在平庸之中的人。

我应该为了人而战斗，跟他的敌人战斗，同样也同我自己战斗。

第二十八章

我回到了战友身边，我们被告知要在午夜集合以接受命令，2/33的人们都半醒着，着火的地方的微光已经变成了灰烬。整个中队看起来似乎紧紧团结在一起，不过这只是幻想而已。奥赛德在疑惑地看着他那块宝贝手表；佩尼科特在角落靠着墙，眼睛闭着；盖瓦拉坐在桌子上，睁着茫然的双眼耷拉着腿，好像是一个要哭出来的孩子似的挂着悲哀的神情；艾让博对着书不住地点头。我们的指挥官是唯一清醒的人，但他的脸也吓白了，台灯下的他拿着一些文件，在和格雷低声讨论着什么。"讨论"这个词好像不太恰当，少校正在陈述一件事，而格雷点头回答："是的，当然。"格雷依靠着这句"是的，当然"就像是溺水的人紧紧抱住救生员的脖子一样，抓住这些句子不放，越抓越紧。要是我是艾利斯，我会面不改色地说："格雷上尉……你将会在黎明被处决……"然后等着回应。

2/33，依然像是纸牌做成的屋子一样屹立着，它已经三晚无眠了。

少校起身走向拉科代尔，把他从也许是在围棋上击败了我的美梦中拉出来：

"拉科代尔……你黎明起飞，超低空飞行。"

"非常好，长官。"

"最好先睡一会儿。"

“遵命，长官。”

拉科代尔再一次坐下。艾利斯走出去，拉着像条砧板上的死鱼一样不清醒的格雷。格雷可能一个星期都没睡过了，和艾利斯一样，他不仅要出自己的飞行任务，还要承担别人的职责。人的忍耐力是有限度的，格雷显然已经超出了。但是他们走在一起，溺水的人和救生员走在一起，迎向幽灵命令的召唤。

疑虑重重的维正朝我走来，他像站着睡着了，现在正在梦游：

“你睡着了吗？”

“我……”

我的脖子仰在一把椅子的后背上休息，是的，我真的找到了一把椅子。我快要沉到梦境里去了，但是维正的声音折磨着我：

“这看起来可不好！”

不好……完全没有缺口……这不好……

“你睡着了吗？”

“我……没有……什么看起来不好？”

“这场战争。”

这有什么好大惊小怪的？我在睡梦里沉得更深了，呢喃着：

“……什么战争？”

“你说什么，什么战争？”

这场对话已经不知飘向了哪里。哦，宝拉！要是飞行中队都有来自蒂罗尔的家庭女教师就好了，那么整个2/33早就应该进入梦乡了！

少校猛地拉开门：

“一切准备就绪，我们该走了。”

少校后面站着已经醒了的格雷，他的“是的，当然”推迟到了明天再说，为了今晚令人筋疲力尽的任务，他又一次用上了他都不知道自己拥有的潜力。

而我们站起身来，“啊……好……”，还能说什么呢?

没什么好说的，我们应该马上出发。拉科代尔将一个人留下来，等着在黎明起飞执行任务，如果他能回来，他将直接飞回新的基地。

明天也没什么好说的。有眼力的人都看得出来我们是一群被打败了的人。被打败的人应该保持沉默，像种子一样。